貓邏——著　Welkin——繪

天選者

②

咦？這麼幸運
真的可以嗎？

人物介紹

姓名 ◉ **奧莉亞**（女）

年紀 ◉ **四十五歲**
（外表跟二十出頭的年輕女性差不多）

部落 ◉ **塔圖部落**

外貌 ◉ **高馬尾，與阿奇納有著同款異色瞳，髮色也相似的銀髮長腿美人。**

性格 ◉ **奧莉亞是阿奇納的姐姐。性格直率，行事乾脆俐落，比男人還要豪爽。**

姓名 ◉ **麥斯金**（男）

年紀 ◉ **三十七歲**

身分 ◉ **次元星域的原住民**

職業 ◉ **機械製造師，藝名「瘋金」。**

外貌 ◉ **棕髮棕眼，戴著可以調整遠近、光線的特殊眼鏡，隨身攜帶工具包和各種零件。**

性格 ◉ **熱愛機械研究，熱愛發明創造，熱愛各種新奇的點子。**

姓名◉達格利什（男）
年紀◉二十歲
部落◉普羅頓斯
職業◉幻術師
外貌◉深紫色眼睛，眼瞳上有綠色花紋。
性格◉戴深棕色牛仔帽、花色流蘇披風、深色長褲及靴子，整個人看起來很有活力。

目次

第一章

萬宇商城

【叮！偵測到使用者，確認載體合適度。】

【確認合適。萬宇商城系統載入中……】

晏笙腦中突兀地響起機械平板的金屬聲。

萬宇商城？

晏笙當下隨即想到以前經常使用的網路購物平台，以及某些小說中會出現的「無所不能、無所不賣的萬能商店」設定。

【萬宇商城下載完畢。】

【使用者您好，我是萬宇商城系統，很高興為您服務。】

機械音轉成溫和又沉穩的男性嗓音，一顆半紅、半白還帶著些灰黑色紋路的球體出現在晏笙面前。

「萬宇商城是什麼？我的輔佐系統呢？」晏笙皺著眉頭詢問。

【那個低劣、沒有智能的系統已經被我遮罩了，使用者有了我，就不需要那個落後的系統了。】商城系統的聲音透著驕傲和輕蔑，【萬宇商城是來自最高等文明宇宙的商城平台，使用者可以透過系統進行買賣交易……】

「我沒有東西要賣，也沒有星幣買東西。」晏笙毫不猶豫地拒絕了。

【使用者先別急著拒絕，您先看看商品再來考慮。】

商城系統無視他的拒絕，不急不徐地展開一面巨大的黑色光屏。

光屏上顯示著各種商品的名稱、簡介、價格和三維立體影像，商品種類從日常生活用品、衣物、食物、藥物、武器裝備和材料到機器人、奴隸、軍艦、礦脈、星球這些東西都有販售。

「好厲害……」晏笙面露驚嘆。

【第一次使用商城系統的人，可以享有八折的折扣優惠。】

「就算打八折，我也沒有星幣。」晏笙回以苦笑。

【使用者可以販售物品賺星幣。】

「藥劑可以嗎？是我自己製作的，我才剛學不久，藥劑等級還很低。」晏笙拿出幾瓶藥劑，略顯期盼地問。

【這些藥劑太過低等，不值錢。】商城系統直接否決了。

「我最值錢的東西就是這些藥劑了。」晏笙無奈嘆息，頗為沮喪。

【使用者可以販售氣運。】

「氣運？」

【是的，使用者的氣運不錯，可以販售它賺錢。】

「氣運聽起來是很重要的東西，賣掉它不會有影響嗎？」

【短時間會過得比較不順利，但是氣運是會恢復的，不用擔心。】

「這樣啊……」

晏笙面露猶豫和掙扎，指尖不斷翻動著光屏頁面，而商城系統則是在旁勸說和鼓吹，不斷地說那些商品有多麼多麼好、多麼多麼難得，錯過了會相當可惜。

晏笙不斷點頭附和，目光貪婪地黏在商品上，只是他遲遲未能下定決心，翻了商品頁面後，又轉而看了商城的其他功能。

最後，他游移的指尖停在某個頁面上，狀似無意地按著一個按鍵。

商城系統沒有注意，而是繼續叨叨絮絮地勸說，還說如果晏笙願意販賣氣運，它願意給晏笙比較好的價格。

【我們系統的價格權限是三成以內，我可以……咦？你！你做了什麼！混蛋！】

商城系統的聲音透露出驚恐和憤怒，沒等它做出下一個動作，一道光牢便將它牢牢箝制住。

萬宇商城的簡易商標圖案化為立體圖像飛到晏笙面前，形成一顆周圍有銀河流動、本體顏色繽紛的彩虹星球。

【您好，我是萬宇商城服務員，請問您要投訴什麼事情？】

柔軟又讓人覺得悅耳舒適的中性嗓音從彩虹星球中傳出，態度客氣有禮。

「你們的商城系統沒經過我同意就綁定我，把我的輔佐系統弄沒了，還要逼我販賣我的氣運，我懷疑它想要謀害我。」晏笙語氣平淡地控訴。

如果沒有阿奇納之前的解說，他可能會相信商城系統的話，以為氣運就跟血液一樣，被抽走一些還會再生，可是他既然已經知道氣運是會損耗的，就不可能相信這個商城系統的鬼話。

再者，這個商城系統沒有經過他的同意，直接綁定他，還把天選者輔佐系統弄沒了，這讓晏笙的觀感很不好，真要讓他選擇，他寧可要那個「落後的、沒有智能」的天選者系統，也不想要這個會自作主張的高級商城系統。

【回報投訴並檢測商城系統中，請您稍候……】

彩虹星球安靜了幾分鐘，才又再度開口。

【使用者您好，經檢測，入侵您意識的商城系統是被通緝的病毒系統，感謝您協助萬宇商城捕捉它，相關獎勵會在病毒系統被帶回銷毀後發放給您，您的損失也會一併補償……】

也是晏笙運氣好，恰好遇上病毒系統最虛弱的時間點，他才能這麼順利地找到商城的「投訴」按鍵，如果病毒系統處於正常時期，這個按鍵就會被它屏蔽掉了。

【您的輔佐系統只是被暫時屏蔽，並沒有被消除，我已經替您恢復了。】

「您知道……那個輔佐系統的功用嗎？」晏笙略顯遲疑地詢問。

他對於天選者輔佐系統好奇已久，很想知道它到底是什麼樣的情況，是真的純粹輔助，或是有另外的功能。

【您是說您的輔佐系統嗎？】

「是的。」

【要是您不介意，我可以為您檢查一下。】

「好，麻煩您了。」

【請稍等。】

【經檢查，這個輔佐系統是該星系的某個族群為了篩選他們的新公民所誕生的，它具有輔佐適應環境、購物交流、任務發布以及監控和直播功能。】

「對我沒有損害？」

【這就要看您的損害界定了。】彩虹星球沒有直接下定論，【這個系統具有隱私權保護功能，在您做私密的事情的時候，它會自動打上馬賽克；要是您在研究某些重要知識，它也具有專利權保護功能；另外，它會監控您的身體，但是對您的身體不會造成影響，只會在您的身體情況欠佳或是想要進行鍛鍊時給出合適的建議，如果您是在意上述所說的，那麼它對您確實無害，但是如果您介意肖像權、移民選擇權，或是不喜歡自己的一舉一動曝光在大眾面前，它對您就是有損害的。】

「我知道了，謝謝您。」

【不客氣。】彩虹星球再度將話題拉回，【為了感謝您協助萬宇商城抓住病毒系統以及補償您的損失，萬宇商城將會提供下列賠償：

一、五個豪華型大禮包，每一個禮包都有五到七樣的禮物，每一個禮包的總價值都在一百萬星幣以上。

二、免費為您將萬宇商城的會員等級提升到三級，並且一年內免除手續費、鑑定費、諮詢費、服務費、廣告費等各項雜務費用。

三、贈送您十張不限物品等級和數量的單筆消費五折的折價券。

四、贈送您一張萬宇商盟的會員卡，此會員卡已經預先存入一千萬星幣，這筆星幣是萬宇商城感謝您協助抓住病毒系統的謝禮，會員卡可以跨界使用，只要是萬宇商盟旗下機構以及與萬宇商盟結盟的合作夥伴，您都能使用它進行各項消費，並且享有一定折扣和會員福利。

五、身體修復：病毒系統強行入侵您的體內，對您造成一些損傷，不過您不用擔心，我們會為您修復，相關修復功能已經輸入您的新商城系統中……

如果您不想繼續使用萬宇商城，也可以在收到萬宇商城的賠禮，並讓新系統為您修復身體以後再卸除商城系統……】

【稍後我們會發派一個新的商城系統給您，謝謝您的配合。】

【請問您還有其他問題嗎？】

「嗯……如果有人知道我身上有萬宇商城系統，想要殺了我拿到系統，你們會保護我嗎？」

既然知道自己的一舉一動都被直播了，晏笙自然不會心存僥倖，認為自己可以把商城系統的存在瞞上幾十年，他現在能做的就是想辦法將可能的危險降到最低。

【萬宇商城有求救功能，第一次使用是免費的，之後的救助需要付費。】彩虹星球回道：【另外，會員也有免費保護額度，您可以在會員福利頁面查詢。您也可以在商城投保「安全險」，每個月固定繳交一筆星幣就可以獲得保護。詳細資訊，您可以點選商城目錄頁面，在會員專屬頁面查詢。】

「我知道了。」

【新的商城系統已經發派，祝您有個美好的一天。】

彩虹星球飛回原位，再度變回萬宇商城的商標。

緊接著，一陣清脆悅耳的音樂聲響在晏笙腦中響起。

【您好，我是萬宇商城的系統精靈，編號 9997777844，您可以為我進行命名。】毛茸茸的一團毛球出現在晏笙面前，傳出了稚嫩的童音。

「那就叫毛球吧！」晏笙直接以系統的形象為它命名。

【好的，系統名稱設定完成！】毛球上下飛舞了幾下，【請問您希望毛球怎麼稱呼您呢？】

「就叫我晏笙就行了。」他對於稱呼向來隨意，沒有太大的執著。

【好的，晏笙。您可以為我進行聲音和外觀設定，或者讓我自己挑選喜歡的聲音和造型。】

「你自己設定。」

【好的。】

毛球的身體漸漸拉長、放大，成了一隻巴掌大的異色瞳白毛小貓，牠的腰間還圍了一條粉紅色蓬蓬裙，非常的甜美浪漫少女風。

「……」晏笙沉默地看著這隻眼熟的小貓，忍不住開口勸道：「還是換一個造型吧！」

下次見到阿奇納時，他可不想想像他穿著粉色蓬蓬裙的模樣！

【好的。】

毛球換了個模樣，變成一隻琥珀色眼瞳、橘毛白腹，胖嘟嘟、圓滾滾的小橘貓。

看著這隻堪稱憨態可掬的小橘貓，晏笙腦中閃過的卻是以前在網路上看過的大橘貓照片，以及一句貓迷都耳熟能詳的話——十隻橘貓九隻胖，還有一隻特別胖！

雖然眼前的小橘貓體型只有兩個巴掌大，但是看著牠圓頭、圓身、圓屁股的渾圓模樣，晏笙覺得，如果牠能夠長大的話，未來有九成九的機率會長成一隻大胖橘。

【據檢測，晏笙印象最深刻的就是這個品種的貓，所以毛球特別變成這樣的造型，晏笙喜歡嗎？】毛球仰著小腦袋，琥珀色眼睛睜得渾圓地賣萌。

「喜歡。」

【咪嗚～～】毛球開心地在晏笙懷裡打了個滾，發出又甜又嬌又軟的聲音。

「咳！你再改個名字吧！以後叫做橘糰。」

晏笙按捺不住想要擼毛的手，直接將橘貓抱在懷裡搓揉。

【好噠！更名完成！咪嗚～～】

【咪嗚～～橘糰檢測到晏笙的身體受損，需要進行治療，請問現在可以開始醫治嗎？】

「好。」

一道柔和的金色光束籠罩著晏笙的身體，晏笙只覺得全身像是浸泡在溫水中，暖洋洋的，非常舒服。

他閉起眼睛，享受著這份舒適。

彷彿過了很久，又彷彿只是一眨眼，身體修復完成了。

【咪嗚～～修復完成，晏笙現在的感覺如何？】

「很好。」晏笙點頭。

他現在全身舒暢，充滿活力，再舒適不過了。

抱著橘糰，晏笙盤坐在空間的地面，點開會員專屬頁面。

他現在是三級會員，享有一年三次的免費救助額度，而安全險就跟保險差不多，不同的保險金額享有不同的保障，最基本的保障項目是「救助的時候保你不死」，但是不保證你不會重傷或是殘廢。

最高級的保障是擁有隨身保鏢、智慧系統和全套醫療保護，全年無休地跟在投保者身邊，保護並且照顧他的飲食起居，要是遇到重大危難，導致投保者重傷瀕死甚至已經死亡時，他們會護住投保者的靈魂，之後再為投保者醫治或是重新塑造一副新身體，確保投保者完好無缺。

就算投保者連靈魂都殞落，強大的萬宇商城還可以回溯時間，返回到意外發生的最初，保護好對方。

當然啦！這種最高級的保險晏笙肯定是保不起的。

看著安全險條列出的各種保險項目，晏笙發現，他所擁有的資產竟然只足夠投保基本險和部分附加險，豪華型的安全險連十天都保不起，這讓他原先有些自滿的情緒瞬間散去。

「還以為已經變成有錢人了，結果我還是很窮啊……」晏笙看著光屏感慨，但心裡卻升起了奮鬥的動力。

雖然當不了富豪，可是他努力努力，應該可以成為白手起家的富一代吧？

晏笙覺得他又找到了一個奮鬥的目標。

考慮到自己現在的處境很安全，晏笙投保了最低額度的基礎安全險，一年六次，平均兩個月一次的救助額度，月繳一萬星幣的保費。

不是晏笙不投保次數更多的，而是他覺得，以他只在家中和店鋪兩頭跑，並不熱衷刷黑塔的情況，平均兩個月一次的救助額度已經夠用，就算救助次數比他預想得多，他還有一年三次免費救援的會員福利呢！

因為他是第一次投保又一次繳納了一年的費用，萬宇商城贈送了兩個一次性的防護屏障，以及一個範圍一百公里內、沒有特定地點的短程傳送按鈕，在危急的時刻可以用來逃跑。

投保完成後，晏笙又打開會員空間，領取萬宇商城的賠禮和謝禮。

五個豪華型禮包，一共開出了三百七十三萬星幣、一次性道具卡八張、兩百組初級藥劑、武器七樣，以及一件時尚、好看、高品質的高級防護外套、一雙高級防護手套、一件高級綠色防禦披風、一雙高級防護靴以及一個可以當防風鏡用，還具有望遠鏡、掃描鏡功能的高級防風鏡。

看著這全套的高級防禦服套組，晏笙懷疑，對方根本是將套裝拆成單品贈送，不過看在這些防禦用品的品質都相當不錯的份上，他還是接受了。

等到晏笙在空間裡頭處理好了一切，他的意識才回歸身體。

眼睛一睜開，他就發現自己躺在一個全然陌生的房間。

天花板有著美麗的雲海投影，牆壁是舒服的粉綠色調，身下躺著的是柔軟而具有彈性的床鋪，他的左手邊是一扇窗戶，半遮光的窗簾隨風輕輕擺動，從床尾的位置看去，右斜方是一扇藍色的門扉。

他茫然地眨眨眼，轉動腦袋環顧四周，這才發現埃奇沃司正坐在旁邊看書。

「埃奇……」晏笙才發出兩個音節，就發現自己的喉嚨乾渴，嗓音沙啞無比。

「你醒啦？」埃奇沃司放下手上的書籍，快步來到床邊。

「有沒有哪裡不舒服？」埃奇沃司沒等晏笙回覆，逕自按下床邊的緊急按鈕，「我到你的住處時，發現你暈倒在地上，叫都叫不醒。這裡是醫院，醫生為你做了全身檢查，但是找不出問題，只發現你的精神力曾經受創，但是又自動恢復，精神波動忽上忽下，非常不穩定……」

其實埃奇沃司是接到導師的傳訊，說晏笙莫名地昏迷了，要他趕緊過來看看。

先前的病毒系統雖然遮罩了直播，但是在它被回收後，直播也被修復了，還留在晏笙直播間的觀眾便看到他倒在地上，昏迷不醒的模樣。

雖然沒有將晏笙的昏迷和直播事故聯想在一起，但也有人猜測是有人闖入晏笙家中搶劫或是偷盜，所以晏笙才會被打暈，畢竟在畫面的最後，晏笙可是拿出了他買到的東西正準備研究，結果直播畫面中斷又恢復後，現場一片凌亂！

只可惜直播剛好出問題，他們雖然氣憤，卻也沒辦法查出「兇手」是誰。

也有人猜測，這場直播意外或許就是為了搶劫晏笙買到的東西而設計的，畢竟現在看直播的人都知道，晏笙的運氣很好，或許他買到的東西很特別呢？

為此，百嵐聯盟特地召開會議，商議該怎麼查找出「幕後真兇」，以及該怎麼保護好晏笙以及其他天選者們。

即使天選者還不算是百嵐聯盟的正式公民，但他們也是因為百嵐而出現在這裡的，於情於理，他們都該照顧好他們，不讓他們受到外力侵擾才是。

百嵐聯盟因為晏笙而產生的各項條規，讓這一代以及未來的天選者們更有凝聚力，也讓百嵐聯盟各族更加團結，一躍成為該宇宙星系中的最強族群。

這些都是後話，尚且不提。

醫療團隊迅速來到，用各種晏笙看不懂的儀器為他進行檢測。

「身體沒問題，沒有受傷，沒有中毒，沒有受到精神干擾，精神力也穩定下來了，只是營養有些缺乏，建議進食和補充營養，要是還不放心，也可以喝一瓶初級精神穩定藥劑。」

兩個小時後，醫生下了這個結論。

送走了醫療團隊，埃奇沃司拿出兩瓶藥劑給晏笙。

「來，先把這兩瓶藥劑喝下。」埃奇沃司貼心地為晏笙打開瓶蓋，「白瓶子是精神穩定藥劑，綠瓶子是營養藥劑，這兩種藥劑並不衝突，混著喝也沒問題。」

晏笙乖乖地喝了，而後臉皺成了一團，紅潤的臉頰甚至褪成了蒼白。

「好……好難喝！」

藥劑單喝他沒有問題，就跟喝中藥差不多，可是兩瓶藥劑一起喝下後，那混合的滋味就像是中藥加上了蔬菜汁，而且這蔬菜汁裡頭還放了苦瓜、辣椒、薑和蜂蜜！那滋味簡直要人命啊！

「水、我要水……」

他淚眼汪汪地東張西望，舌頭往外吐出，好像舌頭不在口腔裡就嚐不到那味道似的，完全就是掩耳盜鈴。

對於此事早有預料的埃奇沃司，笑著倒了一杯溫開水給他。

灌下一大杯水，又吃了埃奇沃司遞過來的去味糖。

「這個是我研究出來的去味糖，可以很快去除口中異味，讓口氣清新，我試喝藥劑的時候都會給自己準備幾顆。」

這可是埃奇沃司親身實測的產品，效果自然是無話可說。

去味糖的味道跟薄荷糖有點相似，但是它沒有薄荷那種涼氣直衝腦門的刺激，味道較為清淡，帶著微微的甜，讓人覺得清涼舒適。

「這個很好吃。」晏笙喜歡這個味道，「有對外販售嗎？」

「沒有，你要是想要，我把做法給你，你自己做。」

「謝謝。」

晏笙沒有拒絕，以他和埃奇沃司的交情來說，這只是朋友之間的分享，不是藥劑師之間需要再三顧慮的配方問題。

「你昏睡了一天一夜，你還記得發生什麼事嗎？誰攻擊了你？」埃奇沃司擔憂地詢問。

「是一個病毒系統。」晏笙將病毒系統的事情半真半假地說出，「我在倉儲拍賣會中買了不少東西，回到家以後我想要整理，結果卻發現我買的備用能源全都沒了，吸收能源的那東西獲得能量後，想要搶我的氣運，後來我就暈倒了……」

「那它現在還在嗎？」埃奇沃司緊張地握住晏笙的手臂，「你別擔心，我會想辦法把那東西弄出來……」

「沒事，它已經不在了。」晏笙搖頭笑道：「我剛才醒來以後，發現空間裡頭多了一些東西和一則訊息，留下訊息的人自稱是萬宇商城的人，他說病毒系統是他們的東西，他追蹤病毒系統很久了，因為它一直隱匿著，直到重新啟動後才被他捕捉到……那個人已經將病毒系統抓走了。」

晏笙手一揮，將大禮包贈送的藥劑和萬宇商盟的會員卡取出，其他的贈品他沒打算展現，太惹眼了，容易引人忌妒。

「這些是他留給我的賠罪禮。他還給了我一個商城系統，說我以後可以用這個系統買東西。」晏笙眨了眨眼，好奇地問：「他說他們萬宇商城很有名，各個宇宙位面都有，這裡有萬宇商城嗎？」

「……有。」

埃奇沃司愣愣地點頭，他已經不曉得該怎麼看待他的好運氣了。

「萬宇商盟和萬宇商城是非常強大、資源非常豐富的跨宇宙組織，這個組織由各個宇宙位面的商人組成，我們百嵐聯盟也有善於經商的種族加入……」

頓了頓，埃奇沃司的臉頰微微鼓起，表情又是鬱悶又是羨慕。

「萬宇商城的會員並不是隨隨便便就能加入的，需要提交申請進行審核或是有高級會員推薦，我之前試過，被拒絕了。你可真是……好運。」

晏笙笑了，「成為商城會員，每年都要有基本的交易額度，你要是有想買或是想要販賣的東西，可以交給我，也算是幫我刷額度了，這張會員卡還能夠打折，應該會便宜很多。」

「好啊，那以後就拜託你了！」埃奇沃司欣然接受晏笙的好意。

晏笙彎著眼睛，笑得燦爛。

他其實有些矛盾，他之前還對百嵐聯盟百般防備，對陌生的百嵐聯盟做出最惡劣的猜想，想要隱瞞商城系統的事情，可是對於埃奇沃司和阿奇納，他又是給予了百分之百的信任，甚至願意將商城系統的事情告知。

哪怕他們是百嵐的一員，哪怕他們隱瞞直播和天選者篩選的事情沒有告訴他，他也能夠理解他們。

這樣的想法或許過於天真，可是在事情還沒有朝惡劣的情況發展之前，他還是願意交付信任的。

「對了，這些藥劑都是初級藥劑，不過我發現這些跟我學到的藥劑不一樣……」晏笙指了指堆滿床鋪的藥劑，即使藥劑瓶只有兩指或是三指長寬，在一組藥劑十瓶的分量下，這堆藥劑山也顯得相當壯觀。

「確實不一樣。」埃奇沃司曾經買過萬宇商城的藥劑研究過，「萬宇商城的藥劑來自不同的位面文明，材料、配方和製藥手法都是不同的。就算是同樣的配方材料，萬宇商城的藥劑品質和效用都比我們的要高出一些。」

「那你有研究出成果嗎？」晏笙追問。

藥劑師購買其他人的藥劑進行研究分析，這是業內被默許的規則，即使有專利權規範著，他們還是可以將藥劑稍作變動，改改口味、換換顏色，這邊增加一些、那邊減少幾樣，修改過配方後再拿出來販售，只要跟原配方有兩成的差異，就不會遭到控訴。

這種情況不只發生在藥劑圈，各行各業都有，雖然讓人無奈，但法律終究約束不了人心。

但也有一些內心正直的人，會在研究前徵求原藥劑師的同意，在完成改良後，還會將自己改良的藥劑添加上原藥劑師的名字，並將專利權分一些給對方，埃奇沃司就是屬於這種人。

「我很想研究，可是因為聯繫不上製作者，所以……」他兩手一攤，笑得無奈。

「這些藥劑附著商城的授權許可，我們一起研究吧！」晏笙大方地說道。

他原以為，萬宇商城贈送這麼多組藥劑，是因為它只是初級，價格便宜，卻沒想到他獲得這些藥劑後，還在會員信箱中發現了萬宇商城開立的授權許可文件，授權晏笙可以拿這些藥劑進行研究，有了這份授權，他們就是「合法」研究，而不是竊取他人成果。

「真的嗎？」埃奇沃司的雙眼閃爍著光彩，就連那一頭海草似的頭髮也多了幾分光澤。

「真的。」晏笙點開光屏，將許可證傳輸給埃奇沃司，「文件上面寫了，可以用『團隊』形式進行研究，但是團隊人數不能超過五人。」

這表示，參與研究的五人都獲得了研究許可，日後也可以將改良後的藥劑對外販售。

「不過上面提到，萬宇商城有優先購買權。」晏笙指著其中一行標示了紅色的文字說道。

埃奇沃司毫不遲疑地點頭答應，「這很合理。」

畢竟藥劑和許可證是萬宇商城提供的，這表示藥劑的專利權屬於萬宇商城所有，萬宇商城跟他們分享藥劑，而他們以改良版的藥劑回饋，久而久之便可以形成一個良好的迴圈，萬宇商城不用擔心沒有藥劑來源，藥劑師們也可以藉此更上一層樓，互幫互助，何樂而不為？

以這樣的方式看來，萬宇商城還挺「良心」的，沒有那種見人就坑的奸商惡習，而且授權許可上面並沒有強制要求晏笙和埃奇沃司必須同意他們的採購，所以他們日後要是覺得商城的開價太低，是可以拒絕販賣的。

這也可以從旁看出萬宇商城的底氣。

晏笙大概可以猜想出，萬宇商城對自己相當有自信，認為他們開出的價碼必定是最好、最優秀的，會引得眾多人主動與他們合作，所以不屑於在這種小事上動手腳。

而事後的合作也證明了晏笙的猜想正確。

萬宇商城給出了相當優惠的價碼採購他們改良的藥劑，並贈送埃奇沃司一張藥劑師專屬的「藥師卡」，憑著這張藥師卡，埃奇沃司可以在商城旗下的藥劑材料店獲得優惠折扣，要是埃奇沃司日後還有新藥劑想要販售，也可以透過這張卡片聯繫商城的藥劑部門。

負責接洽的人對埃奇沃司說：埃奇沃司現在的水準還不到讓他們招攬的程度，但是他很看好埃奇沃司的未來，期許日後還能與他合作，甚至是成為萬宇商城的同事。

明明沒有任何讚美，卻讓埃奇沃司開心了很久，也讓他更加沉浸在鑽研藥劑之中，要不是晏笙注意著他的飲食起居，他說不定就窩在藥劑室裡不出門了。

對這個宇宙還不是很了解的晏笙並不知道，「萬宇商城」這四個字究竟代表了什麼，它背後的力量有多麼強大，它的粉絲有多麼眾多。

就像是鄉下人會嚮往大都市一樣，萬宇商城象徵著宇宙的繁華中心。能夠獲得萬宇商城的肯定，就像是得到世界級的偶像甚至是國家元首的認可一樣，相當地激勵人心。

第二章

地下市集

這一天，麥斯金帶著晏笙來到地下市集。

之前在倉儲拍賣中買到的屠戮者的遺產，麥斯金研究一段時間後有了收穫，現在正摩拳擦掌地準備要進行實踐。

要製作東西，首先要有材料。

大多數的材料都能夠在閃金的材料店買到，少數用途不廣的、稀罕的、店家極少儲備的材料，就只能在各家商店或是地下市集碰碰運氣，看看能不能好運地找到。

麥斯金找晏笙過來，並不是要蹭他的運氣的，而是讓他為自己鑑定材料，確保材料的品質，作為交換，他以前製作的一些小機關、小玩具和武器，只要是晏笙看得上眼的，全都送給他。

晏笙覺得自己賺了。

麥斯金看不上自己製作的東西，但是在晏笙眼中，那些東西卻是十分新奇有趣，即使要他花錢買他也願意。

晏笙甚至動過將這些東西放到商城販售的想法。

按照萬宇商城的規定，每一名會員都有自己的專屬虛擬商店，商城並不強制要求你要成為商人，它只硬性規定會員每年的交易額度，買賣皆可。

不同等級的會員，交易額度也不同。

按照商城的說法，萬宇商城是一個促進各界貨物流通的互助組織，你既然申請加入會員，那就表示你有這方面的需求，要是獲得了商城系統卻不進行交易，那不是浪費商城的資源嗎？

要知道，商城的營運也是需要各種成本和維修費用的，與其讓系統放在你身上被浪費，還不如讓系統去服務真正有需要的人。

因此，要是沒有完成規定的交易額度，高階會員會被降級，而本身就處於最低等級的，會被剔除會員資格，商城系統會自動解除離開。

晏笙是三級會員，按照規定，他每年需要有五百萬星幣的交易額度——無論是「買」或是「賣」，只要他帳上的交易數額累計達到五百萬即可。

雖然晏笙現在有點積蓄，但他也不希望坐吃山空，他已經將自己製作的藥劑放上虛擬商店販售了，雖然只是低階藥劑，採買的人卻不少，通常商品上架一天就會被全部清空，這讓晏笙很有成就感。

不過他沒打算全都販賣自己製作的東西，單靠自己刷交易額度實在是太辛苦又太慢了，他想要當一個「貿易商」——在次元星域這裡找尋商品，放到虛擬商店販售，並且從萬宇商城購買便宜又好用的商品，擺在次元星域的店舖販賣。

地下市集跟黑市並不一樣，它類似一種臨時集市，一些傭兵、獵人、挖寶人得到貨物後，基於各種理由，像是在商店裡賣不上價，不想被寄賣的店家抽成，商店看不上眼不收購，又或者是貨物太多太零散，懶得一間間跑商店推銷，他們就會跑來地下市集擺攤。

也因為擺攤者眾多，這裡又沒有特別規劃和管理，導致地下市集的貨樣琳瑯滿目，但是你真的帶著目的過來找東西時，又會被龐大而雜亂的攤位困擾，必須耗費許多時間逛攤位，耐心地尋找商品，不能像逛商店一樣，進門就能買了商品帶走。

對於不熟悉地下市集的買家來說，這裡很不友善，但是對於混跡多年的人來說，這裡的攤位是有規律的。

也因此，地下市集誕生了「導購」的職業。

聘僱導購，將你的需求告訴他，他就會帶你在眼花撩亂的攤位中找到商品，還能貨比三家，買家唯一要小心的，就是導購會不會跟攤販串連，以低劣品或是仿冒品坑你一筆。

麥斯金雖然鑽研過各種材料，但是材料的種類實在是太多，有些材料又太容易仿造或是不好判斷，為了萬無一失，不至於白跑一趟，麥斯金才會找來晏笙，讓他幫忙進行鑑定。

進入地下市集後，麥斯金並沒有急著朝攤販區走去，而是走向入口旁邊的導購聘僱區。

從幾排規格、外觀都差不多的導購店鋪中，他隨意地挑選了一間進入。

「你們好，我是導購巴哈堤，兩位客人想找導購嗎？」

不到十坪的導購店內，個子矮小、膚色黝黑、額頭髮際線有點高的中年人，從辦公的位置站起身，笑咪咪地迎上前來。

「價格？」麥斯金面無表情地問。

「主要要看您要的東西。」巴哈堤的笑意更深，眼睛瞇成一條縫，「稀罕、難找的，一樣，五千貢獻點；普通、常見的，一樣，五百貢獻點。」

他們的任務是幫客人尋物，比起用時間衡量，以物品種類做計算單位顯然更加合適。

你想找一種商品，那就給一個種類的錢。

「稀罕跟普通怎麼區分？」麥斯金又問。

「稀罕的就是外面商店很少見或是完全買不到的，普通的就是外面商店能買到的。」

這樣的劃分相當簡單明瞭，就算有紛爭，也只是難以界定的小範圍物品。

麥斯金對於對方的開價說不上滿意，不過他以前也來過地下市集，知道價碼差不多是這樣，而且巴哈堤在地下市場的評價不錯，是個有十多年資歷的老導購，在地下市場的人脈極廣，可以為買家節省不少時間，所以他同意聘僱他了。

巴哈堤也很高興，他最喜歡這種不討價還價的顧客了。

麥斯金將材料單遞給他，巴哈堤看了幾眼後，內心有了定案。

「請兩位跟我來。」

巴哈堤領著兩人走向後門，後門的位置有一處小空地，那裡停著一輛外觀跟敞篷吉普車相似的飛行車。

地下市集很大，靠著兩條腿走，就算走上一整天都逛不完，搭乘飛行車可以節省時間，不過想使用交通工具也有一個前提——導購必須明確知道販售物品的攤販位置，否則駕駛飛行車的效率並不會比步行高。

從這方面也可以看出，巴哈堤確實是有本事的。

麥斯金和晏笙坐上飛行車的後座，巴哈堤坐在前座充當司機，踩下油門朝著目的地飛去。

飛行車飛行的高度並不高，離地面大約十公尺左右，底下的攤位櫛比鱗次，人潮雖然不算擁擠，卻也不少，攤販的叫賣聲和議價聲將市場烘托得極為熱鬧。

晏笙側耳傾聽，發現這裡的人很有趣，左一句「朋友」、又一句「兄弟」，甚至還能聽到朗聲大笑的聲音，不知道的人還以為他們認識很久呢！

飛行車的航行路線是以市場的對角線前進，他們來到市場的西北方，這裡的攤位規模比他們剛才看見的要大，如果說，之前看見的攤位是個人小販，這裡的攤位就像是群體、組織在經營的，攤位貨樣更加豐富，攤位上掛了招牌，還搭了色彩鮮豔的遮陽篷。

「現在要去的第一家是倉儲挖寶人經營的……你們知道倉儲挖寶嗎？」

巴哈堤朝後照鏡看了一眼，獲得晏笙和麥斯金點頭回應後，才省去相關解說，繼續往下說道——

「老闆除了倉儲挖寶以外還組織了一個傭兵團到處收集商品，在這一行的資歷已經有十年了，這裡是他們的固定攤位……」

飛行車停在攤位側邊，巴哈堤熟門熟路地領著他們走進攤位，繞過各種堆放的商品，在一大堆櫃子、架子和遮掩物中找到攤位老闆。

「嘿！鉸刀，我給你帶客人來了！還不快來迎接！」巴哈堤高聲喊道。

「來啦！」

臉上有刀疤，身材高大的壯漢應聲走出，臉上掛著大大的笑。

「歡迎、歡迎！」鉸刀笑著迎上前，「我們這裡的貨樣保證來源正當，品質好，種類多，絕對沒有仿冒貨……」

當鉸刀看清楚巴哈堤帶來的客人時，嘴角的笑意僵了一下，他認出來了，那兩個人就是之前被他恐嚇過，想要逼他們退出挖寶圈的人。

見到挖寶圈有新人進入，老手們都會習慣性地嚇唬一下，看看能不能逼他們退出，畢竟倉儲的數量就這麼多，他們這些老手每次拍賣都會搶破了頭，哪裡還能容忍更多的人進入？

後來閃金老頭聯繫上他，說這兩個人是他的人，一個是武器製造師、一個是藥劑師，都沒想過要在挖寶圈發展，讓他不用太緊張。

閃金老頭跟鉸刀之間並沒有紛爭，偶爾雙方還會合作，鉸刀知道閃金老頭不會騙他，便放下了對這兩個新人的關注。

種種思緒一閃而過，鉸刀揚起更加燦爛的笑容。

如果這兩個人是來買東西的，他絕對歡迎，如果是來找麻煩的，那他也不怕！

他領著一幫兄弟闖蕩了這麼久，遭遇過的麻煩和危機不少，那麼艱險的時期都咬牙闖過來了，還怕這點小麻煩？

「兩位客人要買什麼？」鉸刀熱情地招呼著兩人，彷彿之前他們並沒有發生過爭執一樣。

相較於鉸刀的好記性，晏笙和麥斯金早就將那場小爭執拋到腦後去了，他們並沒有認出鉸刀是誰，只是覺得有些眼熟罷了。

「他們想買這些材料，我記得你這裡的材料種類相當多。」巴哈堤拿出之前麥斯金交給他的材料單。

鉸刀看著材料單上的十幾種材料，笑容更加真誠了。

「沒問題，這些材料我這邊都有！」

鉸刀將材料單交給一旁的手下，讓他們去揀貨。

等待期間，鉸刀邀請他們到旁邊坐下休息，伶俐的員工適時地端上茶水。

「我想在攤位上逛逛，可以找人為我介紹嗎？」晏笙客氣地詢問。

表面上是找人為他介紹，實際上是想讓他們派個人跟著，畢竟這裡的貨物太多，有些物品的體積小，很容易遭到偷竊，他不希望自己隨意走動的行為引起誤會。

鉸刀也聽出晏笙的意思，他很喜歡晏笙的識相。

「阿魯！你來帶客人參觀！」他朝先前為他們端上茶水的少年招手。

「是！」

被叫到的少年跑到晏笙面前，笑容燦爛。

「客人您好，我是阿魯，我來帶您參觀！」

阿魯盡力表現出良好的儀態，心底暗暗期盼，眼前這位看起來好說話的客人可以多買一點，這樣他就能得到鉸刀老大的誇獎，以後會受到更多重視，薪水也能增加。

「我們這裡有各種材料、零件、雕塑品、防護衣、武器防具、珠寶首飾、家具擺設、各個地區的名產、手工藝品、書籍、配方……還有一些從古遺跡找出來的古物，客人對哪些比較感興趣呢？」

阿魯原本以為，這名客人應該會對古遺跡的古物感興趣，畢竟那些東西就算是一塊碎片，對於某些身分階層的人來說都是可以收藏和炫耀的寶貝。

阿魯顯然將晏笙當成喜歡收集古玩古物的富裕人士，然而晏笙的回答卻是讓他失望了。

「各地方的名產和手工藝品我都很感興趣。」

晏笙構想過虛擬商店要販賣些什麼，也看過其他人的虛擬店舖，那些商店販售的東西他每一樣都覺得新奇又獨特，相較之下，他就覺得自己能想到的東西有些拿不出手。

現在聽阿魯提起名產和手工藝品，給了他一些靈感。

具有次元星域當地特色的物品，對於一些喜歡收集和新奇事物的人來說，應該會感興趣。

就像人們出國旅行時，總是喜歡購買當地特有的產品和手工藝品一樣。

雖然晏笙的回答出乎阿魯的預料，不過他還是盡心盡力地為他介紹。

「這個是『安葛落』特有的石頭。」阿魯指著一堆大大小小、顏色各異的礦石說道：「安葛落的石頭很出名，有的可以敲出好聽的聲音，有些可以煮熟了吃，有的可以磨成粉當成調味料，有的可以做成防具和武器，有的還能開出石頭花……」

礦石旁邊還有一個陳列架，陳列著石頭製造的各種物品。

晏笙好奇地湊上前，拿起敲擊棒敲打可以發出聲音的石頭，發現那聲音不如他想像得沉悶，而是如同風鈴般清亮悅耳。

而且石頭不只能發出一個聲音，敲打在不同的部位，石頭會發出不同的音階，跟打鼓有些類似。

「這個音樂石怎麼賣？」

「要看顏色和音色，顏色越漂亮、音色越多的越貴，您敲打的那顆，價格要五千貢獻點，旁邊這顆小一點的，顏色沒有那麼鮮豔漂亮，音色也少了幾個音，就只要三千。」

「嗯……」

晏笙點點頭，也沒說買或不買。

他拿起石頭做的武器揮舞幾下，又敲了敲防具的堅固，轉頭問了價格，而後又品嚐了調味料的試吃樣品，再度問了價格。

阿魯相當有耐心地逐一報價，臉上完全沒有絲毫的不耐煩。

這是他的第一次銷售工作，也許結局不如他的預期，但是他還是想要做好它。

「這一區裡賣的是『愛緹畢比』的編織品，這個族群擅長編製手藝和製作香料，他們會從植物的莖稈中提取植物纖維，用植物和礦物原料染色，從最簡單的手環、髮帶、草偶到衣服、地毯、床鋪、掛毯，這類大型又繁複的編織品，他們都能製作……」

晏笙看著那些展示出來的編織品，其中幾件精品就像是用刺繡刺出的一樣，精緻又鮮活，令人難以想像那只是編織物。

「雖然這些衣服的防禦性沒有防護衣好，可是它們吸濕排汗、舒服柔軟，很適合穿在防具裡面……」

防護衣為了追求最高的防護性，不免就會犧牲一些不必要的部分，例如好看的外觀和舒適度，除了高檔防護衣之外，大多數的防護衣穿起來都不怎麼舒服。

「愛緹畢比族的編織會有天然的植物香氣，他們的香料也很受歡迎，香水、香精、香粉或是薰香，都有很多人購買……」

晏笙再度點頭，同樣詢問了價格，而後又走到下一區。

「這邊是『瑪嘉魚人』，這個種族具有奇特的血脈，他們幼年時只能在海洋中生活，成年了才能變化出雙腿到陸地上，他們可以操控海水，可以跟魚群溝通。他們擅長製作『水石』和避水石。」

阿魯將一黑一白的兩種石頭遞到晏笙面前。

「白色的是水石，它是一種可以生成水的石頭，要是客人要前往乾燥、缺水的地方，可以攜帶水石；黑色的避水石可以讓客人在水底呼吸，不會窒息。」

白色的水石表面濕潤，跟玉石的質感相似，晏笙才在手中握住一會兒，水石表面生出的水珠就將他的掌心沾濕了，黑色的避水石觸感較為乾燥，晏笙將兩顆石頭交換握住，發現避水石將他掌心的水滴都隔開了。

「很有趣。」晏笙點頭，又將石頭交還給阿魯。

「瑪嘉魚人的海底寶石也很有名，很多女士都喜歡用它們製作的首飾，也喜歡用它們裝飾漂亮的裙子……」

阿魯指著被分顏色大小放置的珍珠、瑪瑙、珊瑚、硨磲、貝類、水晶等物。

晏笙點點頭，在心底補充道：這些也是經常被使用的藥劑材料。

他詢問了價格和存貨量，在心底盤算一番後，繼續走到下一個區域。

這個區域的東西較為雜亂，物品大多有一種被使用過的老舊感，有些東西甚至是半毀壞的和殘缺的，晏笙還看見一個扁圓形大籃子裡裝著各種材質的碎片。

「這些是從空白之地撈出來的東西。」

「撈？」晏笙注意到這個詞。

「是的，空白之地周邊有一個種族，叫做『曼努埃族』。」想著晏笙可能不清楚，阿魯特地詳加解釋：「空白之地有很多空間裂縫和時空風暴，一不小心被捲入就回不來了，不過曼努埃族的血脈特殊，他們背後有一對翅膀，可以在天上飛，他們還能夠偵查空間裂縫，他們的主職業是擔任空白之地的領路人，空閒時他們會從空間裂縫裡頭撈東西出來販賣……」

晏笙點點頭，他的饋贈記憶中也有這樣的印象，幾位前輩跟團前往空白之地，找的就是曼努埃族當領路人，幾位前輩的團體中，有人幸運地達成目的並且安全離開，有人則是不幸地被永遠留在那裡。

空白之地的空間裂縫就像是一個百寶袋，你永遠不知道裡面有什麼東西，也猜不出物品的來歷，有的可能是相當有價值的物品，有的可能就只是飄流在時空之中的垃圾碎片，運氣好的，還有可能遇見某位大人物的豪華墓室或是某個種族的遺跡。

「空白之地的空間裂縫都是開開合合、經常變換的，不過有幾個位置的裂縫是常年敞開，那些地方叫做『時空河』，曼努埃人會拿著一根長竿，竿子頂端有一個網子，飛到空中將時空河裡頭的東西撈出，這些被打撈出來的東西很受歡迎，是我們這裡銷售最好的商品……」

阿魯才想更進一步地介紹商品，不遠處傳來叫喚聲，原來是麥斯金要的材料已經挑揀好了，正等著晏笙過去「驗貨」。

晏笙只好先放下參觀，轉身走回先前的休息區。

很少有東西能夠瞞過鑽石級的鑑定之眼，如果有，那東西的等級肯定超過鑽石級，就如同萬宇商城的系統。

麥斯金採購的材料都還不到那個等級，一切商品在晏笙的鑑定之眼掃描下，無所遁形。

除了幾樣品質有小瑕疵的貨品被挑出來，其他的材料都是合格品，這也證明了鉸刀在生意上的誠意。

麥斯金要採買的材料到手了，他急著要回家上手製作，晏笙還想繼續參觀，便跟他告別了。

巴哈堤的導購任務終結，也跟著離開。

晏笙花了半天時間，在鉸刀的店舖逛了一圈，最後將他看上眼的手工藝品和當地名產都買下，清空了鉸刀店裡的大半商品，讓鉸刀樂得眉開眼笑。

「好朋友！你買了這麼多，我給你打九折！」鉸刀摟著晏笙的肩膀說道。

以晏笙買的龐大數量而言，九折的折扣打下來，少說也能省上幾十萬貢獻點，鉸刀退讓的利潤可說是相當高了。

「來！這張貴賓卡給你。」鉸刀塞給他一張金黃色的卡片，「以後要是店裡進了新貨，我會發一份商品目錄給你，你要是有看上的，直接打一通電話過來，貨馬上送到你手上，免運費！」

鉸刀大手一揮，把「免運費」三個字說得相當豪邁，像是送了什麼豪華大禮一樣。

「要不要幫你把這些送回去？」鉸刀熱情地問。

「謝謝，不用了。」

晏笙笑著道謝，抬手一揮，將堆得跟小山一樣高的物資收入商城系統的空間裡頭。

因為商城系統櫥欄的存在，晏笙甚至不需要自己將貨物分門別類、訂立價格、填寫商品介紹、再一樣樣上架，萬能的商城系統櫥欄全部都能搞定，晏笙只需要在一切整理完成後，進行最後的檢查和修改即可。

在一般情況下，使用這樣的服務是要收費的，可是晏笙享有一年期的「全免費優惠」，大大地方便了他。

離開了鉸刀的攤位，晏笙隨意地在地下市集閒逛，享受著暌違許久的放鬆。

打從來到這個世界後，他一直都在努力學習、努力適應這裡的環境，跟阿奇納在一起的時候還比較輕鬆，他只需要專注學習就好，阿奇納會提點他各種該注意的事情，他也表現得很好，從阿奇納口中得到許多誇讚。

他以為他已經融入這個世界，直到阿奇納走了以後，晏笙才發現，原來他並沒有自己所以為的「已經適應」這裡了，沒有阿奇納的陪伴，他除了必要的外出採購之外，完全沒有外出逛街的欲望，只是一直窩在室內學習藥劑。

表面上，他是想要讓自己有一技之長，擁有在這個世界立足的底氣，事實上，他只是不知道該怎麼面對一室靜寂，他只能將全心全意投入藥劑，不斷地練習藥劑、不斷地製作藥劑，用這種方式填滿他的生活。

然而，現在站在這個熱鬧的地下市集，聽著那些歡聲笑語，晏笙突然覺得那層隔開自己和世界的「膜」消失了。

他甚至看見饋贈記憶中的那些前輩，站在人群中微笑地跟他打招呼。

他知道那是幻影。

可是此時此刻，他真的感受到那些前輩傳遞過來的勇氣和鼓勵。

『怕什麼呢？有我們在呢！』

『你不走出去，怎麼知道你不行？』

『好好享受！不要辜負這份好時光啊！』

『你可是幸運星啊……一定沒問題的！』

晏笙微仰著頭，閉上雙眼，嘴角上揚。

在溫暖的陽光照耀下，他心底那股無法說清的茫然蒸發了，胸口湧現滿滿的活力，以及想要到處走走的衝動。

就去前輩去過的地方看看吧！

晏笙腦中閃過這樣的念頭，並乾脆俐落地選擇了空白之地當作目標。

剛才接觸到空白之地的商品時，他不知道為什麼，湧起了強烈的、想要前往空白之地的想法，反正重要的東西都帶在身上，而且這裡的交通又那麼方便，來一趟說走就走的旅行也不錯。

行動力迅速的晏笙，直接經由百嵐城傳送到距離空白之地最近的城市，而後再購買飛船票，搭乘飛船前往目的地。

從城市前往空白之地的飛行時間約莫要十六個小時，小有資產的晏笙當然不會虐待自己，他買了最貴的單人船艙票，享有一間獨立的房間。

房間的空間不大，大概七、八坪左右，房間內有一張單人床、一個可以放置東西兼具桌子功能的長櫃和一間衛浴間。

晏笙在沐浴過後，就直接躺上了床，閉上眼睛查看橘糰整理好的商品。

由於事先沒有告知，橘糰便將商品的售價定在最高販賣價格——假設商品經過鑑定後，判定售價可以定在五百到一千星幣之間，橘糰便會將售價定在一千星幣——晏笙看過以後，將價格調整成八折售價。

忙完這些，晏笙直接睡著，連晚餐也沒吃。

這一睡就睡到隔天上午八點多，他已經好久沒有睡得這麼充實了，起床時整個人容光煥發、精神奕奕，就只是肚子有點餓。

盥洗後，晏笙前往餐廳用餐，這個時間點用餐的人並不多，偌大的餐廳就只有三三兩兩的食客。

晏笙在櫃台點餐後，挑了一個靠窗的位置坐下，服務生很快就為他送來白開水和餐具。

窗外的天幕湛藍、雲海翻騰，往下還可以看到火柴盒大小的建築物，以及地面的地形地貌，景觀恢宏又美麗。

餐廳的椅子柔軟且具有彈性，坐著很舒服。

有美景可看，又有舒適的座椅，晏笙甚至萌生出在這裡待到下飛船的想法。

餐點很快就送上來了，晏笙挑了像是三明治的食物，麵包內裡抹著奶油，放進了大量的蔬菜絲和烤肉片，上頭淋著奶黃色醬料，又撒了像是香料的紅色粉狀物。

晏笙問過這餐點的口味，廚師說是甜鹹口味的，不辣。

他猜想，這上面的紅色粉末或許是甜味的？

然而他猜錯了，這紅色粉末竟然帶有胡椒鹽的滋味！

紅色的胡椒鹽？

這還真是讓他大開眼界。

飛船上的餐點相當豐盛，只是一份早餐，就有一碗蔬菜濃湯、一份異世界版的三明治、一盤顏色鮮亮的水果切盤、一份甜點以及和甜點配套的飲料。

晏笙將正餐解決後，因為空閒時間多，甜點和飲料便留著慢慢吃。

暖烘烘的陽光曬得他昏昏欲睡，他愜意地眯起眼睛，舒服地靠著椅背，像一隻慵懶的貓。

在這種時候，晏笙只想腦袋放空，什麼都不想，然而事與願違。

【咪嗚～～晏笙、晏笙，有客人留言給你喔！是大客戶呢！】

橘糰嫩聲嫩氣的奶貓聲在他腦中響起。

晏笙無奈地一笑，閉上眼睛，以意識進入商城空間。

客戶自稱「大巨岩」，他掃空了商店裡頭的所有礦石，包括安葛落族的石頭特產、海族的礦石、瑪嘉魚人的珍珠、珊瑚、硨磲、貝類、水晶等海底寶石，以及從空白之地打撈到的不明石板、石碑殘塊、岡石、岩片等物。

大巨岩還留言說，他覺得這些礦物相當「美味」，希望能再多進些貨，如果有其他的礦石，他也願意買來試吃。

所以這位客人是以吃石頭維生？

晏笙記得饋贈記憶中，也有一位前輩的朋友是這樣的神奇種族，礦石與該種族的生活和習俗息息相關，是他們的力量來源、傳承以及一切。

感慨了一下「天下之大無奇不有」後，他隨即下單給鉸刀，種類跟第一批一樣，數量翻倍，同時也讓鉸刀多找一些不同地區的礦石。

對於晏笙這位大客戶，鉸刀當然是回覆：好好好，你說的都好！

確定了鉸刀的交貨時間，晏笙又回覆大巨岩的留言，跟他說了商品的進貨時間，感謝他對商店的支持，又問大巨岩還有沒有其他想要的商品，他可以嘗試找來。

大巨岩客人並沒有立刻回覆，可能是不在線上。

晏笙也沒有繼續等待，他查看了商品出售的情況後被嚇了一跳，昨天才上傳的商品竟然已經賣出了七成，他原以為這些進貨少說也要賣上一段時間呢！

看著空蕩蕩的貨架，他決定等到了空白之地後，再找找看有沒有商品可以進貨。

他沒有做過生意，但是他玩過經營類型和農場類型的遊戲，也在網路上賣過二手貨，知道販賣東西並不是那麼容易，品質、價格和市場需求缺一不可。

除此之外，還要懂得宣傳行銷、跟人談判交易、掌握市場風向是一門高深的學問，他沒有自信能夠做好，所以他才會專注在藥劑學習和武器研究方面。

這次的銷售成功讓他有了信心，覺得可以放心大膽地一試，或許他真能在這一行闖出一個光輝燦爛的未來呢？

飛船抵達空白之地的外圍小鎮時，時間已經接近中午，晏笙先找了一家旅店入住，這才慢悠悠地晃到外頭街上參觀。

雖然是中午時間，陽光耀眼，氣溫卻不高，是如同深秋的微涼氣候。

小鎮的人口約莫兩千多人，人口並不多，土地面積卻很寬敞，家家戶戶都是獨門獨院外帶一塊農田的農莊式建築，過著自給自足的生活。

小鎮中心是最熱鬧的地帶，這裡有著旅館、商店和酒館，傭兵、商販以及像晏笙這樣的旅人在各間店鋪穿梭。

在這裡，當地人跟外地人很容易辨識出來，有翅膀的就是空白之地的當地族群，其他都是外來者。

晏笙找到了曼努埃族的導覽中心，向櫃台服務員表明想要嘗試「空釣」的想法，服務員查詢了空釣船的空餘座次，詢問意願後，讓他繳交報名費，搭乘今日下午出發，隔天中午返回的空釣船。

拿著《空釣須知》小冊子離開中心，晏笙按著上面的提醒進行行李準備。

其實也沒有多少東西要攜帶，主要就是具有防護力的服裝、食物、醫療用品和防護道具。

是的，空釣船並不提供食物，水倒是有提供，醫療用品也有，但是他們準備的醫療用品都是處理簡單外傷的，如果你被捲入時空風暴，身體遭受到時空之力的破壞，或是遭受到空間裡頭不明物體的感染，那可不是一般醫療物品可以治療的。

看完《空釣須知》，晏笙總結出小冊子的中心思想：你們想要玩空釣，沒問題！但是要是發生什麼意外，你們自行負責，跟我們無關。

下午兩點多，晏笙提前十幾分鐘抵達空釣船的登船地點，那裡就像是一個小型機場，寬廣的空地上停靠著大大小小、各種外型和款式的空釣船。

晏笙搭乘的是中型船，乘客數量十人，船長連同船員共計二十五人。

登記報到後，晏笙在船員的帶領下登上飛船，在飛船的甲板處坐著歇息。

「我們空釣船有一個聯合商會，客人要是釣到不感興趣的東西，可以賣給空釣商會，如果有想要購買的東西，也可以向空釣商會採購，空釣商會的店鋪就在空港隔壁，很好找的……」

臉上冒著雀斑，滿臉稚氣的少年賣力地推銷著，隨著他的介紹，他背上的灰白色羽翼也一顫一顫，頗為逗趣。

他是配給晏笙的專屬服務員，要是不出意外，這趟行程就是由他跟在晏笙身旁解說和服務了。

「謝謝，我正好想買一些貨，你有目錄可以看嗎？」晏笙詢問道。

「有！」

雀斑少年連忙拿出一塊像是平板電腦的東西，按下開機鍵後，他的指尖在上面點點戳戳，進入一個商店網站。

「客人請看。」雀斑少年將平板遞給晏笙，「這個是商會的官方網頁，這裡有商品介紹、價格和庫存數量，要是您採購的量多，我們還有免費運送的服務！」

晏笙有些哭笑不得，怎麼每間商店的優惠都是免費運送服務呢？

晏笙直接利用搜尋，將跟礦石相關的商品全都買了，之後又將熱銷排行榜前十名的商品全買下，之後便按照商品分類，隨意點選瀏覽，看見感興趣的就買下。

這麼選選點點一通下來，他就撒出了兩百多萬貢獻點。

看到結算金額時，晏笙自己也嚇了一跳。

兩百多萬耶！

不過一想到一星幣可以兌換一千三百貢獻點，他又不覺得這樣的花費多了。

晏笙平靜了，跟在他身旁的雀斑少年卻被他的豪氣震驚了，看著他的目光就像在看一座移動金庫。

「有錢人」這個標籤已經穩穩地貼在晏笙的腦門上，拔都拔不下來了。

下午兩點半，空釣船的開船時間到了，然而空釣船卻沒有任何動靜，又過了幾分鐘，船上響起了騷動聲，晏笙還沒注意聆聽，雀斑少年就先一步向他道歉了。

「實在是很對不起，有八名客人遲到了，現在正在等他們上船。」

晏笙點頭表示可以理解。

雖然《空釣須知》上特別註明空釣船會準時開船，不會等待遲到的人，但是這次可是有八個人遲到，一船乘客也不過十個人，要是不等他們，這趟行程不就要虧本了？

晏笙下意識地看向另一名乘客，那名乘客跟晏笙的年紀差不多，戴著一頂深棕色牛仔帽，上身是一件花花綠綠、繡著繁複眼睛圖案的流蘇披風，下身是深色長褲和靴子，整個人看起來很有活力。

見到晏笙朝他看來，對方還調皮地對他眨眨眼，完全沒有因為行程延誤而不滿。

第三章
戲很多的披風青年

「現在副船長已經去催他們了，請您再等一下，真的很抱歉。」雀斑少年結結巴巴地解釋，「等他們上船我們就會馬上開船，不會等很久的……大概。」

後面又補充的這兩個字，充分顯示雀斑少年也沒什麼自信。

「跟你們無關，遲到的是客人又不是船員。」晏笙拍了拍他的肩膀安撫，又順手從空間裡取出兩包零嘴，分給他一包。

「這是神樹島的零食，用樹果做成的，很好吃。」

雀斑少年道謝接過，又道：「我知道神樹島，聽說他們的祖先是神樹，他們都是樹果子……」

雀斑少年的表情一僵，看著手上的樹果零嘴，突然有點吃不下。

媽呀！這該不會就是那些沒能生出來的樹人吧？

晏笙看出他的想法，笑了。

「這只是普通的樹果子，放心吃。」

雀斑少年意識到自己想太多，尷尬地笑笑，連忙抓了一顆放進嘴裡。

「唔！好甜！好吃！」雀斑少年開心地笑彎了眼睛。

「這些樹果叫做百味果，每顆味道都不一樣。」晏笙解說道：「可能你現在吃到的是甜的，下一顆就是酸的，或是苦的……」

「像苦菜那麼苦嗎？我最怕苦菜了。」雀斑少年皺著臉說道。

「雖然吃起來苦，可是還是很好吃。」晏笙笑道。

百味果的苦味不是蔬菜的那種苦，而是類似於巧克力、咖啡的那種甜中帶苦、苦中帶香的滋味，晏笙挺喜歡的。

兩人就這麼開開心心地吃著百味果打發時間，又過了十幾分鐘，一群人吵吵鬧鬧、臉色難看地上船了。

他們完全沒有理會船長的黑臉，自顧自地發脾氣和抱怨。

「真討厭，人家都還沒逛夠就催著我們回來，這服務品質未免也太差勁了……」

「不過就遲到一下，這艘船幾乎都是我們的人，遲到有什麼關係？」

「親愛的，你怎麼挑了這艘船哪？瞧瞧這裡的布置，這艘船真醜！這樣的船真的沒有問題嗎？看起來好廉價，不會飛到一半就掉下去吧？」

「船長是誰？我要提出抗議！」男人抬著下巴，趾高氣昂地說道：「你們的服務實在是太差勁了，你們的副船長一過去就催著我們過來，還威脅我們，說我們不跟著他離開，他就取消我們的訂位，這樣的人怎麼能夠當副船長？你馬上把他開除了！」

髮色灰白、膚色黝黑的老船長挑了挑眉，「我認為我的副船長做得很好。」

「對，他真是太差勁……你說什麼？」

男人以為老船長會附和他，卻沒想到老船長竟然會挺副船長。

「這就是你們的待客態度嗎？我要投訴！我要投訴你們！」被下了面子的男子氣憤地大吼大叫。

「客人，我們要開船了，你們是要繼續行程還是要退費下船？」副船長面無表情地擋在老船長身前，不讓對方靠近自家船長。

「你這是什麼態度？我們可是客人！要不是有我們的錢，你們的生意做得下去嗎？」

「你竟然敢用這種態度跟我說話！你知道我爸是誰嗎？」

「做生意的態度就要好一點，板著臉做什麼？我們可不是你的手下，沒必要看你的臭臉！」

「跟他說那麼多做什麼？走走走！退了他們的票！」

「說得對！又不是沒有其他的空釣船，沒必要在這裡看他們的臉色！」

「我就說要找大船你們就不聽，這種做事態度，難怪生意這麼差！」

「呦呦呦！遲到了還這麼囂張，真是讓我大開眼界啊……」

披風青年邁著輕浮的步伐，搖搖晃晃地走上前，身上的披風也隨之晃動，繁複的圖案像萬花筒一樣不斷變換。

他的打扮著實有些傷眼睛，但是因為臉長得好、身材高䠷修長，竟把一身讓人晃花眼的衣服穿出了時尚感。

「船長，你跟這種人說什麼呢？他們又聽不懂人話，快點把人丟下船，不要耽誤我的時間，大不了這艘船我包了！」青年臉上掛著燦爛笑容，語氣卻是相當惡劣。

「你是誰啊？這麼囂張！知不知道我爸是誰？」

「你都不知道你爸是誰了，我怎麼可能會知道？你應該回去問你媽。」披風青年語氣輕佻地回道。

「你……混蛋！」

對方握著拳頭揍向他，卻被披風青年一腳撂倒。

「好心的船長啊，雖然做生意要有好的服務，可是乘客還是要挑選一下，不要什麼髒髒的臭的都接受，你讓這些人上船難道不難受嗎？」披風青年皮笑肉不笑地諷刺道。

「你這傢伙……」

「什麼髒的臭的？我們可是貴族！」

「我們繳了錢的！」

「呦呵？繳了錢就不髒不臭了嗎？」披風青年尖酸地笑了，「早知道同行的是你們這樣的乘客，我還不如直接把整艘船包下！省得看了心煩！」

「船長，你就這樣看著他羞辱我們？」

「讓他下船！不然我們就不搭你的船了！」

「對！叫他滾下去！」

「該滾的人是你們！」

披風青年的笑臉瞬間轉成兇惡，一腳把叫囂者踹倒，還把想要幫忙的幾人一起揍趴。

「你怎麼打人啊！」

「沒見過這麼粗魯的野蠻人！」

「我還可以更野蠻！」披風青年又踹倒一個，那人一個重心不穩，將一名女性同伴撞倒在地。

「你們耽誤了開船的時間，害我在這裡空等，後面安排好的行程都要改動！就你們的時間寶貴，我的時間不貴？告訴你們，我每分鐘可是幾十萬在跑！想要見我的人都要預約！我的損失你們要怎麼賠我？」

「啊！我的衣服！我剛做好的指甲！」

被撞倒的女子發出高分貝的尖叫，心疼地看著她被刮花的手提包，塗得漂漂亮亮還貼著小水晶的長指甲折斷了半截，身上的華美洋裝也沾染了灰塵以及一灘污水。

「混蛋！去死！」

女子暴怒地朝披風青年撲了過去，雙手張成爪狀，像是要活撕了他。

披風青年側身閃過，女子不依不饒地再度撲了過去，還掏出一把小刀刺向披風青年，後者打掉她的武器，掐著她的脖頸將人往上提起，窒息的感覺讓女子驚慌失措，面露恐懼。

「怎麼？以為我不會揍女人？」披風青年陰狠地笑了，殺氣肆虐，「敢對我動刀，就要有被我宰了的覺悟！讓我看看，我應該在妳的臉上割幾刀？還是挖了妳的眼睛，或者把妳漂亮的手指砍斷？」

嘴上惡狠狠地恐嚇了一番後，披風青年將女人拋向她的夥伴，一群人手忙腳亂地接住被丟過來的「重物」，而後全都倒成一團。

「你、你……」

見識到披風青年的「兇殘」，那群原本還很囂張的人全都縮在一旁瑟瑟發抖。

「咳！」副船長適時地出面，臉上保持著禮貌客套的假笑，「既然客人有其他行程，那我們也不耽擱你們，你們幾個，來送客人下船。」

副船長朝一旁的船員使了個眼色，一群高大壯實、身材健美的船員就包圍住那群人，把他們嚇得臉色蒼白，以為自己又要被揍了。

「你、你們要做什麼！」

「我、我警告你們，不要亂來！我爸可是×××！我要是出事，我爸肯定不會放過你們！」

「救命啊！船員打人啦啊啊啊啊啊啊！」

「別過來、別過來嗚嗚嗚嗚……」

船員沒有打人，他們只是用結實的手臂將他們拎起，一個個送下船。

晏笙覺得這些船員的態度比他預期得友善，他還以為他們會用丟的呢！

驅趕了這批客人後，船上的氣氛陷入靜寂。

晏笙不確定他們會不會繼續履行這趟行程，畢竟船上就剩下他和披風青年，而披風青年還在船上鬧事。

「嘿嘿嘿……船長，我表現得怎麼樣？有沒有很威風？」披風青年一改先前的兇神惡煞，笑得陽光燦爛，彷彿之前放出的殺氣都是假的。

原來剛才是在演戲嗎？演技真好！

晏笙目瞪口呆地看著披風青年。

老船長冷笑一聲，「不是說要包我的船？貢獻點呢？」

「啊？」披風青年的笑容凝滯了。

「包船費用，空船一趟五十萬。」副船長微笑地附和，「要是加上這趟行程的所有收穫，一趟五百萬，請問客人選擇哪種方式？」

「不、不是啊，我只是想幫你們，我想讓那群人知道你們很受歡迎！」披風青年連連搖手，「我就是騙他們的啊！」他一臉無辜地眨眨眼。

語氣一頓，披風青年又像是想到什麼，連忙又改了口。

「要我包船也可以，船長，讓我當船員吧！我在空釣船上工作還款！」

披風青年雙眼閃閃發亮地看著老船長，一副只要老船長點頭，他就立刻就職上任似的。

「你想都別想！」老船長嫌棄地吐槽，「只有曼努埃人才能當船員，你又不是曼努埃人。」

「也不一定要曼努埃人啊，試試其他種族，說不定會有驚喜呢？做人別那麼固執嘛！」披風青年反駁道：「我很能幹的！吃苦耐勞，學東西學得快，而且我也能打架……」

「不行就是不行，外族人當不了船員，不一樣。」老船長連連搖手。

「那你就假裝我是你們族的嘛！就當我是還沒覺醒你們血脈天賦的族人？」披風青年相當沒有節操地提議道。

「這種事情怎麼假裝？」老船長被他的厚臉皮嚇了一跳，連忙轉移話題，「菜鳥們！你們全都站在那邊做什麼？我們已經耽擱太多時間了！快點各就各位！準備出發！」

隨著老船長的吼聲，圍觀的船員一溜煙地散開，快速就定位。

「等等，船長，你還沒跟我說……」披風青年還想掙扎。

「那個誰，快點帶客人去坐好，要是等一下起飛，客人沒站好摔了怎麼辦？」老船長瞪大眼睛，故作生氣地指責。

披風青年立刻被他的服務員拉走，晏笙也被雀斑少年領到座位坐下。

「飛船起飛的時候會有點顛簸，請扣好安全帶，抓穩扶手，等到飛船在空中停穩了才能離開座位。」

雀斑少年一邊解說、一邊從船柱拉過一條安全帶環扣在晏笙的胸腹位置，之後又將晏笙按在座位上坐下，再拉起座椅的安全帶扣在他的腰上，做雙重保障。

確保晏笙裝備完全後，他也跟著在晏笙旁邊坐下。

披風青年身邊也有一位服務員為他服務，大概是因為船上只剩他們兩名乘客，晏笙和他被安排坐在一起。

「你好，我是達格利什，一個路過的旅行者，目前的目標是當空釣船船員。」晏笙被他的說詞逗笑了，也學著他的格式來了個自我介紹。

「你好，我是晏笙，一個特地跑來空白之地的商人，目標是在這邊找到進貨商品。」

「你是商人啊？」達格利什眼睛一亮，上身前傾，朝晏笙靠了過來，「你賣的是什麼東西？有什麼有趣的商品嗎？」

他湊近後，晏笙才發現，達格利什的眼睛很特別，眼瞳是深紫色，沒注意看會以為是黑色，眼瞳上有綠色的特殊花紋，是三個心形呈十字形連接在一起的線條，如同一朵酢漿草。

晏笙記得，在饋贈記憶中的前輩也有特殊眼瞳花紋的朋友，那個人的眼瞳也是深紫色，不過那個人的眼瞳花紋是紅色六芒星圖案，不是綠色酢漿草。

這個種族名叫「普羅頓斯」，也是百嵐聯盟的一員。

普羅頓斯一族的眼睛都是深紫色，配著不同的眼瞳圖案和顏色。這種特殊眼瞳是普羅頓斯人的血脈天賦和傳承，據說他們會在死前將所有力量和傳承知識注入眼瞳，等到人死後，族人會取下死者的眼睛，留給死者家族的後代子孫。得到眼睛的後代可以獲得死者留下的力量和知識，變得更加強大。

「你是普羅頓斯族？」晏笙試探地問。

「你知道我們？」達格利什驚喜地握住晏笙的手。

「嗯，我在《百嵐聯盟介紹》上看到的，你們是很厲害的種族。」

「那當然！雖然我們的單獨戰力不是最強大的，可是我們絕對是最特殊的！」達格利什對於自己的族群有滿滿的自豪感。

晏笙被他的情緒感染，也跟著露出笑容。

在雙方都有意交好的情況下，兩人很快就熟悉起來。

晏笙不擅長聊天、也沒什麼趣事能說，達格利什恰好與他相反，他手舞足蹈、抑揚頓挫地說著各種奇聞逸事，還能夠一人分飾多角地表演故事，平淡的事情到了他嘴裡都變得活靈活現，讓晏笙和旁聽的船員都聽得津津有味。

在愉快的氣氛中，他們抵達了時空河，這裡也是曼努埃族的信仰和發源地。

眼前的場景如同白色天幕被撕開一道大開口，而這個開口後方是一片幽暗的虛無。

時空河的面積相當寬廣，如果沒有事先說明，晏笙還以為這裡是一望無際的黑色海洋。

這條時空河的位置是與地面平行的，據雀斑少年的介紹，有的時空河是與地面垂直，或是呈一定角度的斜角。

與地面平行的時空河比較方便進行空釣，釣客只要選好位置、估算一下風向再下網即可，如果是垂直或是傾斜，釣竿需要以拋射的角度進行，除了考慮角度和拋射弧度之外，還要擔心大風和空間裂口的能量波動干擾。

也不知道是什麼原因，平行的時空河所釋放的能量較為和緩，傾斜或是垂直的時空河，能量干擾會比較大，而且出現時空風暴的機率也較高。

「……在曼努埃族的神話典故中，我們的祖先是從時空河孕育誕生的，所以我們都叫她是『母親河』，我們死後會回歸到母親河的懷抱……」雀斑少年露出憧憬的笑，「別人都會懼怕這些空間裂縫，我們曼努埃人不怕，對我們來說，她是我們的另一個家鄉，也是我們的成長歷練之地，等我成年了，翅膀長硬了，我也會進入空白之地，成為一名優秀的領路人……」

雀斑少年為晏笙解開座椅的安全扣環。

「船柱的安全繩不能解開。」雀斑少年叮囑道：「要是遇到強風或是空間風暴把你捲過去，這安全繩可以救你一命。我們的安全繩都是用最強勁的獸筋和鋼鐵製作的，保證不會輕易斷裂。」

「不會輕易斷裂就是還是會斷吧？」達格利什不給面子地吐槽，「這安全繩遇到強風還行，遇到空間風暴頂多撐個十分鐘……當然啦！要是十分鐘內沒把人救回，其實也不用救了，除非是身體資質特別強大的種族，不然很難在空間風暴裡撐過十分鐘。」

說著，達格利什上下打量著晏笙，「像你這樣的，大概十幾秒就掛了，我還可以活三分鐘，塔圖的體質很強悍、痊癒速度又快，撐個半小時、一小時沒有問題，賽博格部落也很強大，說不定跟塔圖不相上下？」

「……」晏笙頗為無語地看著他。

這種說話方式，不清楚的還以為他是在挑釁呢！結果後面他連自己也吐槽了，這就讓人生不起氣了。

「唔，不對，賽博格應該可以活得更久一點，畢竟他們的體質很特殊，只要核心沒有毀損就死不了，達加斯芬魯亞薩也很強，有能量就能生存，沒能量就直接睡覺補充能量……」

達格利什一陣唸唸叨叨後，又像是突然被什麼打斷一樣，懊惱地撓撓頭。

「不想了、不想了，走吧！我們去空釣！」

達格利什拉著晏笙的手快步往「釣竿」的位置走去。

空釣船停妥在時空河旁邊後，船身兩側伸出了像小型砲台一樣的東西，只是這砲台的砲口連接的是粗壯的「釣竿」，每一根釣竿都有晏笙的大腿粗，釣竿的末端像魚叉一樣呈現分岔狀，分岔間黏著一張巨大的網子，它的作用不是叉取東西，而是利用具有黏性的網狀物「黏住」漂流過的物品。

「這樣應該要叫漁網啊，怎麼會說是釣竿？」達格利什問出了晏笙的困惑。

「一開始我們祖先用的確實是釣竿，後來有其他客人跑來嘗試空釣後，才改成漁網。」雀斑少年解釋道：「這個漁網是用釣線做的，上面塗抹了好幾種特殊膏劑，製作工序相當複雜，想要完成這樣一張網子，需要三年的時間……」

如果是曼努埃族來這裡空釣，他們會直接飛到時空河上方，用魚鉤勾住底下的漂流物，鉤子比漁網省時省力，操作上更加靈活，而外族人是搭乘船隻進行空釣的，移動的範圍有限，當然是用漁網這種較為費力、撈捕範圍卻更廣泛的工具了。

「請客人選擇你們想要空釣的位置。」雀斑少年說道：「為了確保空釣的收穫，選定位置以後請不要任意更換座位，以免引起不必要的紛爭。」

空釣船的甲板面積就這麼大，釣上來的物品都是擱置在座位附近，要是隨便更換座位，他們釣上來的東西就很容易搞混，如果物品沒什麼價值那還能順利解決，要是釣上來的物品是珍貴的寶貝，那肯定是爭得頭破血流，以往就經常有客人因此鬧出紛爭，空釣船和船員還會被他們的械鬥波及，甚至出現船毀人亡的情況。

在經歷過這樣的慘事後，空釣船就多了這條禁令，甚至在船上加裝了監控設備，再出現物品歸屬問題時，就可以調動監控影像判斷清楚。

只是有時候利益當前，即使有證據，還是會有人瞎了眼，非要將寶物爭搶到手，屆時又是另一場麻煩。

晏笙和達格利什在服務員的解釋中，了解他們的顧慮，便各自占據了船身的一左一右、一頭一尾，呈對角線的最遠距離進行空釣。

時空河是一道極長、極為寬敞的空間裂口，顏色幽暗、混沌不明，內裡翻騰著五顏六色的濃霧，像是傾倒了各種顏料一般。

據雀斑少年的介紹，那些不同顏色的霧氣象徵著不同的時空，而在霧區與霧區之中，還有純然的黑暗，那些黑暗是虛無，裡面什麼東西都沒有。

「灰霧區最好釣。」雀斑少年指著河裡分布最廣的灰霧區塊說道，「不過灰霧區能釣到的好東西不多，經常會出現垃圾、石頭、泥土、木頭、骨頭、碎片……有顏色的霧區會有比較大的機率出現不錯的東西，但是裡面有裂空獸，牠們會吃掉你的獵物，甚至跟著漁網上來攻擊你……啊！有金霧！」

雀斑少年突然從座位起身，朝船邊撲了過去，晏笙見狀連忙拉住他。

「這樣很危險！」他皺眉指責。

「有金霧！金霧！我看到金霧了！」雀斑少年指著時空河的一角，朝晏笙和老船長等人喊道。

「在哪裡、在哪裡？」

「今天運氣真不錯，竟然有金霧！」

「這下好了，不用擔心這趟會虧本了……」

船員們抓著釣竿，急忙搧動翅膀飛來。

「在那裡，西北方，看見沒？很小的一塊，它夾在紅霧跟藍霧中間……」雀斑少年心急地喊道。

「我看見了！跟我來！」

副船長搶先飛出飛船，其他船員尾隨其後。

「拜託、拜託，千萬不要消失……」雀斑少年祈禱著。

「它會消失？」晏笙好奇地問。

「嗯，其實這些霧都會消失，應該說，它們所屬的空間跟我們不一樣，現在我們可以看見是因為阻擋的空間屏障暫時打開了，等到屏障關閉，我們就看不見它們了，不過因為這個霧區消失了，又會有新的霧區出現，所以在我們看來，它們就只是閃爍一下又出現了……

「金霧區的東西是最好、最稀罕的，同時也是最難釣的區域，它的消失速度很快，又很少出現，前一刻還在你面前，等到你對準它下網了，它又消失了。」

頓了頓，雀斑少年又道：「金霧區裡面的怪物也是最多的，不過就算是釣上了裂空獸，我們也能賣個好價錢……」

晏笙點頭表示明白。

他按照雀斑少年的教學，操控「釣竿」移動到時空河上方，對準最大片的灰色霧區，按下「漁網投拋」的按鍵，粗壯的釣竿猶如一管小砲管，被繫在釣竿頂端的漁網如同砲彈一樣投射而出，在空中散開成網狀，沒入流動的霧海裡頭。

「你真厲害，第一次拋網就可以把網下在霧區裡面。」雀斑少年拍手誇讚道。

雖然知道雀斑少年的稱讚是鼓勵性質居多，晏笙還是笑著接受了他的讚美。

這個釣竿的操作方式跟夾娃娃機有些類似，他以前最愛玩夾娃娃機了，即使商人把夾娃娃機的抓夾弄鬆了，他還是能把目標抓起來，堪稱夾娃娃機界的高手。

對他來說，這個空釣唯一的難度就是如何把漁網下在想要的霧區裡頭，畢竟這些彩團似的霧氣是會流動而且還會消失的。

晏笙打算先練練手，不挑那些有顏色、範圍小的霧區，而是挑幾乎占據時空河一半面積的灰霧區下網。

第一釣，漁網撈上來一塊巨大的石碑和幾樣零散的物件殘骸。

「嗯，石碑很不錯。」雀斑少年乾乾巴巴地誇獎道：「雖然很多石碑都是被當成擺設，不過它的材質很好，如果上面有某個大人物的事蹟或是某個種族的故事，可以賣給喜歡研究歷史的學者……」

晏笙對石碑進行鑑定，發現那塊石碑上講述著一個人的生平過往，行文中透著誇耀和崇拜，他猜想這應該是墓碑或是紀念碑之類的物品。

在雀斑少年拆下糾纏在漁網上的東西，又將漁網重新整理好以後，晏笙開始了第二次的空釣。

第二次他仍然是瞄準了灰霧區，不是他不想找有顏色的霧區下手，而是那些霧氣離得有些遠，都在空釣範圍外。

晏笙也不著急，因為空釣船並不是完全停滯不動的，它會以極緩慢的速度沿著時空河周圍飛行，所以就算現在遇不上彩色霧氣，等一會也能接觸到。

第二釣的收穫是一張很大張、很完整、連頭部和四肢爪子都俱全的獸皮，以及一具巨大的獸骨，看起來像是同一隻野獸，不過晏笙在鑑定後發現，獸皮和骨架並不屬於同一隻野獸，它們來自兩個不同的區域，只是剛好湊在一起，被晏笙的漁網打撈上來。

「這、這是很好的東西！」雀斑少年瞪大眼睛驚呼，「很多人都喜歡收藏獸皮和獸骨，越完整、越巨大的價值越高！這張獸皮的毛這麼光滑油亮，就像剛剝下來的，是非常好的貨！灰霧區很少出現這樣的好東西！你的運氣真好！」

一般能從灰霧區打撈到的大多是殘破的物品、脫毛毀損的獸皮、零散的骨頭碎塊、土壤泥污、枯萎的某種植物，很少能夠見到完好如初的東西。

之後，晏笙又從灰霧區撈到各式各樣的藥草、材料、零件、殘骸；老舊得可以稱為古董的戰甲、武器和裝備；不明用途的藥劑、食物、特殊卡片和道具；各種不同容量空間的儲物包和儲物飾品；各種象徵身分的徽章、印記、名牌、晶片卡，以及礦石、木料、晶石、隕石、礦髓和各種原物料等等。

沒有一樣是沒價值的垃圾，即使是最低廉的撈取物，也價值上百貢獻點。

雀斑少年在一旁都看呆了，他還是第一次看見能夠從灰霧區撈到這麼多值錢的東西的人，以前的那些釣客，總是從灰霧區撈起各種垃圾，他們私底下都笑稱灰霧區是垃圾區，釣客是來幫忙清理垃圾的。

「啊！紅色！左前方有紅霧！快、快調轉釣竿！」

雀斑少年激動地上前幫忙，協助晏笙將釣竿轉動方向。

漁網順利地落在紅霧區裡頭，沒讓晏笙等多久，釣竿和漁網就往下一沉，這是撈到東西的徵兆。

釣竿的彎曲弧度很大，讓人很擔心它會被折斷，飛船甚至因為這股強大的力道傾斜了幾分。

雀斑少年連忙喊了其他船員來幫忙，船員迅速飛到漁網上方，一甩釣竿，釣鉤勾上了漁網，幫著往上拉起，旁邊還有兩名船員拿著武器負責警戒，擔心這漁網撈到的不只是死物，還有裂空獸。

很快地，漁網的頂端鑽出了霧氣，顯露出一小部分的情況。

「那是什麼？礦石？石頭？隕石？」

飛在上方的船員看著顯露的石質表面猜測道。

隨著漁網不斷上升，顯露出的面積越來越多，看似凹凸不明的石頭表面略有磨損，露出了璀璨漂亮的顏色。

「是礦石。」

「這也太大塊了！」

「不曉得是一般礦石還是能源石？」

「如果是能源石，那肯定發了！」

船員們興奮又羨慕地說著，然而，就在漁網完全鑽出霧氣、顯露在眾人面前時，所有人都沉默了。

眼前的景象實在是太令人震撼，漁網確實是撈到一個非常非常巨大的「寶貝」，只是漁網只撈到寶貝的「腦袋」，身軀都還露在漁網外頭呢！

「這、這是什麼？」

「礦石……巨蛇？獸？」

沒錯！眼前的「礦石」是一隻活物，這隻活物有著一顆大大的扁圓形腦袋，紅寶石一般的雙眼分得很開，位於頭部兩側，眼睛中央的位置還有一顆菱形的藍色寶石，身軀是胖胖的長條狀，肚子渾圓飽滿，四肢細瘦，尾巴跟鱷魚尾巴類似，布滿彩色鱗片而且顯得極為強壯。

牠的肚皮是灰白色，尾巴是絢爛的萬花筒色彩，背鰭是鮮紅色的晶石，其他部位則是灰黑、粗糙的岩石模樣。

船員們還是第一次看見這樣的怪物，不過現在也不容他們多想，怪物已經開始扭動掙扎，試圖掙脫漁網，他們必須趕在牠掙脫之前將牠拿下。

「這、這是什麼啊？」

「颼颼颼颼……」

閃著寒芒的箭矢射向巨獸，卻沒能傷到巨獸半分，船員們見狀，換成了長槍短炮等熱能武器。

「碰碰磅磅噠噠噠……」

急促又混亂的彈炮聲響響起，白色、藍色和紅色的能量光線交織，終於將巨獸的外殼撕開幾道裂口，如同金色砂礫般的物質從裂口中流出，順著外殼紋路蜿蜒而下，從尾巴尖端滴落到紅霧之中。

紅霧沾染到這種物質時突然洶湧起來，被金色物質接觸的霧氣形成了紅閃閃的氣泡，只是這些氣泡並不往上飄，而是彷彿霧氣凝結成冰霜一般，沉甸甸地往下落，沒入紅霧深處。

這樣的細微異常並沒有人發現，所有人都全神貫注地攻擊著巨獸。

「吼嗷嗷……」

被激怒的巨獸發出響亮震耳的怒嚎，如同暴風雨中的雷鳴聲，讓人聽得心頭都驚悸起來。

巨獸甩動著尾巴、揮舞著四肢，掙扎得相當劇烈，讓飛船也跟著搖搖晃晃，要不是身上綁著安全繩，船上的人就要被甩飛了。

「哇喔！這是什麼？」

船身晃動得這麼劇烈，讓原本就相當好奇的達格利什終於有藉口跑來觀看。

「咦？這是……『星隕獸』？你竟然能釣到星隕獸？」達格利什滿臉驚訝地看著晏笙。

「什麼？」晏笙分不出心思跟他聊天，隨口應了一聲，目光仍緊盯著巨獸。

「星隕獸啊！這是鍛造的好材料！牠們的血液可以充當提煉劑，只要幾滴就可以讓很難提煉的高級能量礦和高級礦石加速提煉出來，而且提煉出的純度相當高！還可以用來淬鍊能量武器，讓武器的效用比以前更好……」

達格利什滿臉垂涎地看著巨獸，雖然他並不擅長戰鬥，可是每個男人都會希望擁有一把好武器。

「星隕獸身上的那些晶石鱗片，是相當好的鍛造材料，武器、戰甲、艦船都會用到，牠的心臟更是非常好的……欸欸！你們小心點，別讓牠跑了！」

發現星隕獸已經掙脫一部分的漁網，達格利什急得直跳腳，比晏笙這個「主人」還要激動。

「幸運星，我如果幫你制伏它，你把星隕獸的眼睛跟一部分的血給我，如何？」達格利什摟著晏笙的肩膀，討好地詢問道。

「好。」晏笙毫不遲疑地點頭答應。

他雖然不擅長戰鬥，卻也能看出那些船員對付不了星隕獸，與其讓牠逃脫，還不如讓達格利什幫忙。

「好朋友！我就喜歡你的乾脆！」

達格利什拍了一下晏笙的肩膀，身形一閃，人就已經出現在釣竿上。

他腳步輕快地順著釣竿跑向星隕獸，身形靈巧，即使釣竿劇烈地上下晃動也沒能將他甩飛，他反而藉著這股力道彈跳幾下，一下子就落在星隕獸的腦袋上。

「吼吼吼……」

星隕獸皮粗肉厚，達格利什那點踩踏力道並沒有影響牠，牠的注意力還是落在周圍攻擊牠的船員身上。

「嘿！寶貝，看看我。」

達格利什趴在星隕獸的眼皮上，對著牠的大眼睛施放能力。紫色瞳孔裡頭的花紋轉動，光芒閃爍，一股強大的精神力束成絲狀，鑽進了星隕獸的腦袋。

星隕獸雖然肉體強大，精神力卻極為脆弱，一下子就被達格利什入侵了意識。

星隕獸死亡後，牠的血液會很快就蒸發乾涸，所以達格利什沒打算立刻殺死牠，只是讓牠陷入昏迷而已。

「好了！把牠搬上船吧！」

達格利什朝船員們揮揮手，自己先踩著釣竿跑回船上。

眾人費了一番力氣，終於將這隻龐然大物放到甲板上，星隕獸的身軀從船頭橫跨到船尾，寬度更是足足占了一半的空間。

為了不讓星隕獸壓壞東西，晏笙特地將先前撈到的收穫都收進空間裡頭。

「我沒弄死牠，星隕獸的血要活著才能取。」達格利什向晏笙解釋道。

「所以要先取血再肢解？」晏笙點頭表示理解，又問：「就直接拿刀切割嗎？還是需要什麼特殊工具？裝血的容器呢？需要什麼特定材質的容器嗎？」

「一般的武器當然不行，牠的外殼又厚又硬，需要能量武器或是伴生武器才能切割，裝血的容器要用空石盛裝……」達格利什撓撓頭，有些苦惱地說道：「我這裡有伴生武器，可是沒有容器。」

達格利什拿出一把半臂長的匕首，匕首通體漆黑，可是當達格利什朝它輸入力量時，匕首的刀刃處轉成了銀白色，發出磷火一樣的光芒。

「空石……我找找。」

晏笙讓橘糰為他搜尋空石相關商品，找到了好幾個販賣空石的商店。

「空石需要幾個？」

「按照這隻星隕獸的體型，大概十五、六個空石就夠用了。」

晏笙隨即買下十六個空石。

空石的體積約莫蘋果大小，通體像白水晶一樣地透亮，一顆空石可以裝進兩公升的液體。

別看星隕獸體積這麼龐大，血量其實不多。牠的身體有九成是礦物肌理，半成是骨骼架子，餘下的半成才是牠的血。

「對！就是這個！」

達格利什也沒問他是怎麼買到的，歡快地接過空石。

他用匕首輕鬆地刺穿星隕獸的外皮，刀尖轉了個圈後抽出，留下一個淌血的血洞，再迅速將空石塞進他挖出的血洞，空石就開始自動吸收那些血液了。

空石內部另成一個小空間，從外部看來，被它吸收的血液變成一縷縷、一絲絲的金色細絲，在空石的中心部位積攢成團，像在團毛線一樣。

那細線團看似不多，其實真實容量足足有細絲的百倍那麼多。

達格利什依樣畫葫蘆地在星隕獸其他部位挖洞，將空石全都鑲嵌上去。

晏笙抱著手臂在一旁觀看，覺得鑲嵌了一堆空石的星隕獸，看起來還真像是某種鑲滿燈泡的現代藝術品。

第四章
空釣大豐收

晏笙的直播間內，觀眾們正因他釣到的獵物而騷動，字幕滾動得飛快，讓人看得目不暇給。

——我看到什麼了？這是幻覺吧！我陷入普羅頓斯人製造的幻覺裡頭了？

——不要再逃避了！幻術可影響不到直播……

——星隕獸不是都窩在礦坑或是隕石裡頭的嗎？怎麼會被撈上來？

——或許是隕石裂了、礦坑坍方了、肚子餓了，遇到天敵了？（我編不下去了）

——我也想要星隕獸的血！

——這麼難找的星隕獸都能被他撈上來，真是……忌妒使我精神分裂！

——不愧是幸運星，這運氣真是……嘖嘖嘖！

——快！快叫那個普羅頓斯的崽子問問那隻星隕獸賣不賣？

——賣是肯定會賣的，晏笙剛才不也說他是來這邊找商品的嗎？就只是不曉得他會賣什麼價格……

——撈到星隕獸算什麼？我覺得他接下來還會放大招，撈到更好的東西！

——我希望他可以撈到命運金幣！

——說到命運金幣……塔圖家的崽子應該已經從墟境出來了吧？不曉得他們得到什麼好東西？

——三星能去的地方多，資源好，肯定不差！

雖然都是傳送到墟境，但是不同等級的命運金幣傳送過去的地方也不相同，一星算是新手區，資源最少但是遇見的怪物也最弱小，星級越往上，地區資源越豐富，但相對地遇到的危險也就越大。

機運和風險都是並存的。

——塔圖他們這次可真是賺了！

——那個瑪迦桑藥劑師也不錯啊，才六星就被萬宇商城看中了，多少大師想加入萬宇商城都沒辦法……

——酸什麼呢？雖然埃奇沃司只是六星，但他也是瓦倫庫克大師的弟子啊，被看中也正常……

——說不定下一個走好運的就是這個普羅頓斯的崽子，我看晏笙對他挺有好感的……

就在直播間的觀眾議論紛紛時，達格利什也完成了挖坑吸血的工作。

「好了！現在就等它把血吸乾，之後就可以肢解了。」

達格利什拍拍流蘇披風站起身，將匕首收起。

血放乾了，星隕獸也死了，肢解起來就容易多了，不用擔心牠會突然暴起掙扎。

星隕獸這類的兇獸，即使只剩一口氣，也能拉著牠的敵人同歸於盡。

「你的運氣真好，星隕獸可不好抓。」達格利什指著星隕獸的下腹部說道：「要不是牠剛剛生產完畢，身體虛弱，光是催眠牠就要耗費很大的精力……」

晏笙也跟著看向星隕獸的下腹部，卻什麼都看不出來，還是動用了鑑定之眼，這才鑑定出這是一隻剛生產完的母獸。

「你是怎麼看出牠剛生完孩子的？」晏笙好奇地請教。

「懷孕的星隕獸，腹部是白色的，等到生產以後，牠的腹部會慢慢轉回黑色，大概一天就會變成全黑……」達格利什並沒有藏著掖著，直接將觀察的訣竅說出，「剛才牠的肚皮是很淺的灰白色，現在的肚皮顏色比剛才又深了一些。」

晏笙看著星隕獸的肚子，又回憶了一下剛才見到的景象，理解地點點頭。

「幫你抓住星隕獸，我要牠的眼睛外加兩顆空石的血。」達格利什豎起兩根手指頭說道。

先前達格利什只說要星隕獸的血液，並沒有說出明確的數量，他有些擔心晏笙會跟他砍價。

「好。」

出乎意料地，晏笙很乾脆地同意了，這讓達格利什挑了挑眉頭。

他不太確定晏笙的同意是基於清楚星隕獸價值的情況下，還是因為他不識貨才胡亂點頭，他可不希望以後他知道星隕獸的價值後，反過來埋怨他坑人。

達格利什報出的價碼是公平合理的市價，但他也清楚有些人在龐大的利益當前，只會覺得自己付出太多，別人拿的好處太多。

尤其他剛才催眠星隕獸的模樣是那麼輕鬆，很容易讓人造成誤解，以為他做這件事情沒付出什麼辛苦，也沒什麼風險。

光從外表看，外行人總會覺得施行幻術是一項相當輕鬆的事情，不需要流血流汗，只需要跟獵物「互瞪」一段時間就可以，卻不知道，他們其實是將精神力注入對方腦中，破解對方的精神防禦，入侵大腦，進而達成目的，要是獵物屬於精神力強大的類型，他們很有可能遭遇精神力反噬或是反過來被對方攻擊，大腦可是相當重要的部位，一不小心，變成傻子還是幸運的，就怕直接腦死亡。

「你……知道星隕獸的血的價值吧？」達格利什不希望日後造成紛爭，確認地詢問。

「知道。」晏笙看出他的擔憂，笑了。「我的鑑定是鑽石級。」而且他還有商城系統可以諮詢，對於商品的價值一清二楚。

「那就好……」達格利什鬆了口氣地笑開，「我報給你的可都是公正的價碼，沒跟你多收錢。」

「我知道。」

晏笙已經從橘糰那裡聽說協助捕獲星隕獸的費用，達格利什報跟他收取的價碼是偏低的，有些人會討要一半的血液或是三分之一的星隕獸軀體。

「你會肢解星隕獸嗎？」晏笙問道：「幫我把牠肢解了，我再給你兩顆空石的血……或者你想要其他的部位？」

「血就行了！」沒料到還有這種好事，達格利什連忙拍著胸口保證，「我最擅長肢解了！保證切得漂漂亮亮、乾淨俐落！你就放心地交給我吧！」

「那就麻煩你了。」晏笙笑道。

「好。」

達格利什已經從直播彈幕中了解晏笙的來歷，知道他跟塔圖部落、瑪迦桑部落交好，還幫瑪迦桑與美比亞菲部落找回聖靈，現在已經被列為瑪迦桑和美比亞菲兩個部落的榮譽長老，算是半個百嵐聯盟的人了，而且他前陣子還成為萬宇商城的會員……

同樣是萬宇商城會員的「金卡菈部落」已經去打探過了，晏笙幫萬宇商城抓到逃跑了上百年的病毒系統，立了大功，得到不少獎勵，萬宇商城還直接提高了他的會員等級，讓經營多年的金卡菈部落都有些忌妒。

基於以上種種，只要晏笙日後不出什麼意外，他的未來前途可期。

達格利什已經接獲父母長輩的傳訊，讓他跟晏笙好好相處——並不是叫他去討好或是阿諛諂媚，而是跟晏笙保持一個友善、良好的關係，他們沒打算從晏笙那裡獲得什麼好處，只希望可以透過他向萬宇商城採買到商品。

至於為什麼不繼續向金卡菈部落進行採購？

呵呵，以前只有金卡菈部落能夠向萬宇商城採買進貨，這導致很多物品的價格都往上虛浮不少，讓金卡菈部落賺得滿缽滿盆，現在終於有一個能跟他們抗衡的「競爭者」出現了，他們當然不會再去讓金卡菈部落坑了。

雖然同屬於百嵐聯盟的部落，但是部落與部落之間的交情也有深淺差異，他們普羅頓斯部落跟金卡菈部落雖然不到敵對，交情卻也沒有太好。

不只是普羅頓斯部落，其他同樣被坑多年的部落也有轉移採購對象的想法，只是現在還不清楚晏笙的會員等級究竟多高，能採買到哪種等級的貨物，所以全都還在觀望罷了。

他們雖然不是萬宇商城的成員，對於萬宇商城的營運規則還是有所了解的，萬宇商城相當重視交易和會員等級，會員等級越高，待遇和福利也會越好，能夠接觸到的商品也會相對增加。

金卡菈部落經營到現在，已經是五級會員了，他們不認為晏笙的等級會比他們高，但是他們相信晏笙的未來肯定不錯。

畢竟他可是幸運值爆表的時空商人啊！

晏笙將肢解的事情交給達格利什後，也沒忘記向協助的船員道謝，並表示給每名船員五千貢獻點的感謝費，他還向老船長提出採購貨物的想法，希望可以收購船員們這趟的收穫。

老船長當然是爽快地答應了。

船員弄到的貨物，他回頭也是要找人販賣，雖然有空釣商會協助他們出清貨物，可是空釣商會也不是什麼東西都收的，不好賣的、利潤太少的、倉庫庫存已經達到滿值的貨物，空釣商會也是會拒收的。

畢竟空釣船這麼多，空釣商會的銷售管道卻只有那些，供給大於需求，庫存貨品太多，商會也害怕資金週轉不流通。

空釣商會是一個聯合互助會，並不是慈善機構，他們沒辦法讓所有空釣船家都能經營下來，只能保證就算生意沒了，那些人依舊能有一份工作、三餐能夠溫飽。

有了晏笙的採購意向，船員們更加努力地打撈霧區。

空釣船和船員是有分成協議的，船員們撈到的貨物，如果是賣給空釣商會，因為賣價不高，所以船員們只能拿到微薄的一成收益，可是如果是空釣船直接賣給買家，船員們可以拿到三成，足夠讓他們家裡過上一段好日子了。

更何況晏笙還給了每名船員五千貢獻點，折算成當地貨幣，足足是他們兩個多月的薪水！

空釣船的船員薪水雖然高，但是他們花費在裝備保養的費用也不少，除非是沒有家人的船員，否則他們的生活都不是過得很闊綽。

當然啦！比上不足，比下有餘，船員們的家庭還是比普通家庭的水準要好上一些的。

船員們賣力捕撈，晏笙也坐回原本的位置上，繼續下網。

隨著空釣船的緩慢航行，先前的紅霧區已經遠離了，不過沒關係，面前還有塊藍霧區和一塊綠霧區。

晏笙調整了釣竿，對準了面積較大的藍霧區下網。

漁網很快就網住了東西，釣竿被重物扯成彎曲狀，彎曲弧度跟之前釣上星隕獸的模樣差不多。

又是大獵物嗎？

眾人心頭一悸，混雜著興奮、期待和一點點擔憂。

他們一邊期待能夠網到好獵物，又擔心這次的獵物不好應付，畢竟這是藍霧區，並不是每次都能夠那麼幸運，遇到巨獸正好虛弱的時期。

漁網慢慢被拉上來，只是出人意料的是，獵物的掙扎力度並不大。

難道這頭不明獵物受了傷？

隨著漁網上升，漁網中的獵物慢慢露了頭，原來裡頭竟是兩頭纏鬥在一起的巨獸，兩敗俱傷。

船員等人連忙替牠們補上最後一擊，終結牠們的性命。

「蛇榕跟棘冠離鵰？」

達格利什看清楚送上船的獵物後，真是不知道要說什麼了。

蛇榕跟棘冠離鵰是天敵，這兩隻巨獸纏鬥在一起也很正常，不正常的是，這兩隻都是族群中的首領階級，晏笙一撈就撈了兩隻頭領，這可是相當罕見的情況啊！

蛇榕形貌似巨蟒，身長二十幾米，頭部有毒角，但牠的毒液、毒角和蛇膽對某些「喜毒」的族群來說也是最好的滋補品。

蛇肉滋味鮮美，牠的背部長有雲形菌菇，那些菌菇跟蛇肉一同烹煮，會是相當好的「幼崽滋補品」，食用後可以滋養幼崽的身體，讓孩子們發育得更好，還能增加幼崽的抗毒能力，另外，菌菇單獨搗碎加上其他藥材可以製成「養膚膏」，用來治療被毒素侵蝕、毀壞的肌肉皮膚。

棘冠離鵰是身長二十多米的巨鵰，頭部的血色肉冠可以滋養並強化體質，牠的羽翼具有儲存和傳遞能量的功用，可以用來製作能量武器，例如能量箭矢，牠的心臟對伴生武器來說是相當好的「滋補品」，可以增強伴生武器的力量。

尤其這隻棘冠離鵰還是頭領，那顆心臟的效用肯定更好！

達格利什舔了舔嘴唇，按捺著激動的情緒。

「我跟你買棘冠離鵰的心臟，你開個價吧！」

「不賣。」晏笙斷然回絕，他也已經鑑定出這兩隻獵物的價值和功效，他想將棘冠離鵰的心臟送給阿奇納。

手一揮，兩隻獵物就被他收進空間，不讓達格利什再作糾纏。

「你……」達格利什被氣笑了，「你又沒有伴生武器，留著心臟做什麼？我可以開兩倍的價格跟你買！」

「我要送人，不賣。」

「……」達格利什無語了。

這麼珍貴的東西，他開價兩倍也不賣，卻願意拿去送人？

「送誰？你的情人？伴侶？別跟我說是送朋友啊！」

「就是送朋友。」晏笙肯定地點頭，並不認為把心臟送給阿奇納有什麼錯誤。

「大佬，我們做朋友吧！」達格利什想要抱大腿。

「……你快點把星隕獸切完吧！」

「切完我們就是朋友了嗎？沒問題！」達格利什自顧自地下了結論，飛快地跑回巨獸身旁，繼續肢解牠。

晏笙有些哭笑不得，卻也覺得達格利什直白地將心思坦露出來也挺好的。

回到位置上，晏笙趁著藍霧區還沒遠離，連忙又下了一網。

這一網同樣很快就撈到東西，同樣沉甸甸的，只是掙扎的力道輕了很多，隔個十幾秒才晃動一次。

難道又是什麼兩敗俱傷的獸？

眾人面露狐疑。

「上來了！上來了！大家預備！」

看著漁網上的獵物，晏笙頗為哭笑不得，他竟是撈到一棵巨大的珊瑚樹！

樹身無葉，只有如同手臂粗的枝幹，通體透亮，色澤是較深的粉紅色，長五米，寬七米多，呈片狀的橫向發展。

但是仔細一瞧，這棵珊瑚樹又不太像珊瑚，因為它有像竹節一樣的「節」，這些節一段段地均勻分布在樹幹和樹枝各部位。

而且這棵樹會動！

它，或者該說是「牠」，牠的樹枝是能夠扭轉活動的，只是行動的速度有些慢，所以他們在打撈這個漁網時，才會覺得這個獵物的掙扎力量不大。

「好朋友，我切好……」達格利什蹦蹦跳跳地跑來，見到珊瑚樹時，爆出一聲大吼：「千！千、千、千、千眼珊瑚！我沒眼花吧？」

達格利什瞬間衝到漁網前瞪大眼睛仔細觀察，為了避免是幻覺，他還動用了瞳力掃描了好幾次。

「真的是千眼珊瑚……」達格利什無法置信地發出一聲低語，飛快轉身握住晏笙的手，「我要我要我要！好兄弟！好朋友！這個千眼珊瑚一定要賣給我！求你了，你賣給別人他們也只是當擺設，賣給我，我有用！」

達格利什現在的模樣比先前購買棘冠離鵰的時候還要激動，晏笙在鑑定過後也清楚他為什麼會這麼說，便乾脆地同意了。

千眼珊瑚是一種具有精神力量的「活植物」，遇到敵人時，那些像竹節一樣的「節眼」會睜開，對敵人施行幻術，迷惑敵人並殺死敵人。

至於晏笙撈到的這棵千眼珊瑚為什麼沒有對他們進行幻術攻擊？

那是因為這棵千眼珊瑚正在「休眠」呢！

千眼珊瑚每次進化的時候就會進入休眠期，休眠期間牠會將自己藏在安全的地方，這次會被晏笙打撈上來，是因為這棵千眼珊瑚找的休眠地正好出現地殼變動，大塊的落石還將休眠的牠砸暈了，讓牠隨著海潮飄流，以至於被晏笙打撈上來。

千眼珊瑚對一般人並沒什麼效用，連拿來製作成武器都不行，只能充當華美的裝飾品，可是對於普羅頓斯部落而言，千眼珊瑚的「節眼」是他們充實「瞳力」的滋補品。

就像眼睛使用過度會出現損耗一樣，普羅頓斯部落的瞳力雖然強大，可是他們要是過度耗用，中老年後就會出現失明危機，更甚者還會死亡。

在以往的戰爭時期，普羅頓斯部落長期處於戰鬥中，那時候的部落青年有不少人的眼睛都出現問題，視力模糊是常態，瞎眼更是常有所聞。

雖然現在步入和平時期，瞳力的消耗沒那麼大，但是他們也不能就這麼鬆懈了下來，宇宙中危機四伏，唯有強者才能安然度日。

不久前，聽說獵盜組織的蹤跡又出現了，雖然只是在百嵐聯盟的勢力邊緣試探，但是誰知道他們是不是又盯上哪家部落的好東西或是崽子，想要偷盜他們呢？

「四千萬貢獻點或是等價的星幣，就賣你。」晏笙向他收取的是打了八五折的市價，市價的價格是橘糰提供的。

達格利什沒聽清楚，以為晏笙又拒絕了，嘴裡不停地勸說。
「我可以出兩倍、三倍，不，五倍的價格，只要你賣給我、我……」
「好，賣給你。」
「我……真的？我沒聽錯？你真的要賣我？」達格利什還掏了掏耳朵，確定自己沒有聽錯。
「對，算你八五折，四千萬貢獻點。」
「好好好，我馬上轉帳！謝謝你，好朋友！」達格利什給了他一個熱情的擁抱，讓系統轉帳給晏笙後，隨即將千眼珊瑚收進空間裡頭。
達格利什粗略估計了一下千眼珊瑚的節眼數量，製作成藥物後，差不多可以供應部落一百多人使用，他打算等到明天下了空釣船後，立刻返回部落一趟，將千眼珊瑚上交給族長，他相信，有了這棵千眼珊瑚，部落可以更加興盛。
「好朋友，之後有什麼需要我幫忙處理的獵物，儘管說！免費！」達格利什豪氣地拍著晏笙的肩膀說道。
「……好。」晏笙揉著被拍疼的肩膀，苦笑著往旁邊挪開幾步。
這一番鬧騰，先前的藍霧區飄遠了，但又有一個淺藍色的霧區靠近。

晏笙發現，這裡的霧區顏色雖然就那幾樣，可是同一顏色的霧區卻有著深淺變化，像是淺藍、深藍、灰藍、鈷藍、土耳其藍、孔雀藍、水藍等等。

他有些好奇，這些色調變化代表著什麼，有沒有特殊的意義？

他詢問了雀斑少年和船員，後者回他一個迷茫的表情。

最後還是老船長給了答案。

「這些霧區顏色大多跟屬性有關，藍色的是水系屬性，裡頭大概是水域多的區域，紅色的是火系，底下大概是岩漿，不過如果這個紅色偏淺淡，也有可能是炎熱高溫的沙漠地帶……灰色霧區的屬性不明，裡面什麼東西都有。」

頓了頓，老船長又道：「不過這個判斷方法只有七、八成準確，有些時候，這些有霧區也能撈出其他屬性的怪物。」

晏笙謝過老船長的分享，雖然這只是一點小知識，但是這也是老船長的寶貴經驗，是可以當成傳家寶的東西，他願意分享出來，著實讓晏笙有些意外。

老船長會這麼做，也只是想要交好晏笙。

他們住在空白之地，又是做這一行的，什麼危險沒見過？

生死的事情見多了，就更加相信虛無飄渺的東西，例如「運氣」、例如「因果」、例如「惡業福報」。

老船長已經從晏笙的收穫中看出，他就是個有大福氣的人，再加上晏笙出手大方，人也長得白淨清爽，不像惡徒，跟他交好有利無害。

老船長沒想過從晏笙那裡獲得什麼，他只是希望，今天他向人釋放出好意，日後他的後代子孫也能從旁人那裡獲得善意。

晏笙並不清楚老船長的想法，但這並不妨礙他對他有好感。

如果他以後再度前來空釣，肯定會找老船長的船。

「先生，前面有綠霧，那裡經常能撈到好的植物，要試試嗎？」雀斑少年看向晏笙的眼眸閃閃發亮，他已經開始期盼晏笙能從那裡撈到什麼好東西了。

「好。」

晏笙是一個樂意聽從建議的人，更何況他也很好奇綠霧區可以釣出什麼。

釣竿轉向了綠霧的位置，漁網落下。

這一次他們足足等了好幾分鐘，漁網才有動靜。

雖然這樣的等待時間不算長，以往船員們還等過更久的，甚至還有釣客等到霧區都飄走了還沒能撈到半點東西，只是以晏笙開釣後的打撈速度，這樣的「緩慢」讓船員們覺得有些不對勁。

漁網上拉，霧氣中漸漸有東西嶄露頭角。

「這是……」

「樹木？」

「就只有半截樹？」

船員們很訝異，也很失望，對比起之前的收穫，這只殘存半截樹幹和樹根的死樹，顯然沒什麼價值。

斷樹被放到甲板上，如果不是要清理漁網，船員們肯定會勸晏笙直接將這棵樹丟了。

晏笙習慣性地鑑定了一下，卻發現這棵斷樹另有蹊蹺。

「幫我把樹皮剝開，剝的時候小心點，別傷到裡面的東西。」

因為斷樹太過巨大，體積就跟一棟房屋差不多，晏笙連忙招呼眾人一同幫忙。

聽到斷樹裡頭有東西，船員們這才起了興致，一個個拿出了刀和利器，上前將厚重的樹皮剝掉。

樹皮出乎預料地厚，再加上晏笙特地提醒不要傷到裡頭的物品，所有人都剝得小心翼翼，完全是沿著邊緣，像在削蘋果一樣地慢慢削。

好不容易剝開樹皮，時間也過去三十幾分鐘了。

「這是……蛋？」

船員狐疑地打量藏在樹身裡頭的橢圓形白色球體，這些球體都有成年人的拳頭大小，表面光滑潔白，看起來就跟蛋差不多。

樹身裡頭的蛋一共五顆，每顆蛋都被放在某種保護裝置裡頭，但是不曉得遭受到什麼重創，已經有兩顆蛋的保護裝置全毀，裡頭的蛋只剩下小半塊底座，蛋液都流光了，另外還有一顆蛋的保護裝置毀了一半，那顆蛋的表面也出現裂痕，蛋殼的顏色也變得黯淡，沒有完好如初的蛋那麼光亮。

剩下的兩顆蛋，保護裝置只是有些毀損，透過透明的保護罩看入，可以發現這兩顆蛋微微發著乳白色螢光。

除了這幾顆蛋之外，旁邊還放了一大五小的六個箱子，這幾個箱子同樣有保護裝置保護，但是保護裝置也同樣出現毀損，甚至連箱子也開裂，所以晏笙等人可以輕易地將箱子打開。

五個小箱子裡頭裝的都是同樣的東西，藥劑、滋補品、一堆金綠色小樹葉、巴掌大的小衣物、一疊卡片、五張萬宇銀行的晶片卡，以及五份影音訊息。

影音訊息被儲存在一個指甲蓋大小的圓環形鍊墜裡頭，按下鍊墜上的藍色小圓珠就能觀看。

影音內容是五對父母留給自家孩子的資訊。

開頭是一段自我介紹，這五對家長說他們是「聖薩曦族」，族群的母星位於某個星系的某個地方，母星遭遇到一股「邪惡力量」入侵，族人奮起與「邪惡力量」對抗，卻死傷大半，他們拚著最後的能量將孩子們送出星球……

接著家長們提起他們對於日後可能不能再見的孩子的思念和期盼，希望有人能夠發現這幾個孩子，並保護和養育他們直到成年。

為了這點微小的可能性，他們特地給「恩人」準備了謝禮，全都裝在大箱子裡頭。

看著影音訊息中家長的懇求和希冀，再看到現場只剩下三顆的蛋，而且其中一顆蛋明顯就要步入死亡的情況，現場的氣氛染上了幾分沉重。

「聖薩曦是百嵐聯盟的一員嗎？」晏笙問道。

「不是，我沒聽說過這個種族。」達格利什搖頭，「你不想養他們嗎？」

按照不成文的規矩，這些蛋是被晏笙撈到的，歸屬權自然也就屬於他。

「不是不想養，我是怕我養不好，反而害了他們。」

晏笙對這個種族不了解，這些蛋又是智慧生命，不是像養仙人掌、養花、養草那樣，即使養死了也沒什麼，這可是活生生的三條生命！

「百嵐有專門收容孤兒的地方，等下了飛船，我們再帶這些蛋去百嵐城。」達格利什出了主意。

「要不，空釣就到此結束，我們折返吧？」晏笙擔心蛋的安危，詢問達格利什的意見。

船上只有他們兩名乘客，如果達格利什同意，提前折返也是可以的。

「好。」

達格利什本來就只是想來體驗一下空釣，並沒有非要得到的目標，再說，他手上還有一棵千眼珊瑚正等著送回部落呢！能夠提早回返自然好。

為了不讓老船長他們虧損，晏笙向老船長提出包船的想法，不過他的包船是讓老船長他們替他撈東西，他自己是不在船上的。

「……包船費用我現在先轉帳給你們，等我將這些蛋送走，我會再回來一趟，時間就約定十天後吧！」晏笙定下一個較長的時限。

他不確定百嵐聯盟的人什麼時候會過來接收這幾顆蛋，也許他們一到百嵐城就有人過來接手，也許要等上幾天，不過不管如何，他都是要先將蛋的事情交付完畢，才能繼續後續的事情。

「請你們幫我收集多一點的東西，我不在乎貨物是貴重還是便宜，我要的是種類和數量。」

晏笙打算以種類和數量去刷萬宇商城的交易額度，賺不多無所謂，只要不虧損就行了。

而且他認為，交易就是將兩地沒有的東西互相流通，在這裡沒人要的東西，說不定在宇宙的另一個地方會很受歡迎，就像他之前在地下市集買的礦石和石頭，不也是有人喜歡嗎？

聽完晏笙的要求，老船長豪爽地答應，心底更是盤算著跑空釣商會一趟，讓他們將那些賣不出去的壓倉貨清出來賣。

「要不，我們交換一下通訊號吧！」老船長提議道：「要是我這裡有什麼事要找你，或是你那邊耽誤了，需要延長回程時間，都方便聯繫。」

「好。」

交換通訊號後，空釣船也進行返航。

回程路上，晏笙擔心那顆破損的蛋會撐不到醫治的時候，他讓橘糰搜尋聖薩曦族可以用的東西，希望能找到救命的物品。

橘糰找了一圈，列出兩頁的商品。

晏笙買下了三個蛋艙，又買下具有補充營養和治療效果的「孵育液」，將這三顆蛋轉移到新的蛋艙後，又將孵育液倒入，將蛋浸泡在裡頭修復。

想了想，他又將聖薩曦族的所屬物品全都買下，多虧這些東西都是不昂貴的日用品，不然他還真沒錢買。

影片中雖然沒有提到聖薩曦族的最後處境，但是從他們匆忙將蛋送出的情況看來，就能知道結果不妙，或許這幾顆蛋是最後的聖薩曦族人。

如果真是應了晏笙的猜想，那麼等這幾顆蛋長大以後，所有跟聖薩曦族有關的物品應該都已經沒有了，晏笙買下這些，也是希望給這些蛋留下一個紀念，讓他們知道，聖薩曦族曾經有過一段輝煌。

「希望你們都可以健康、平安地長大。」

晏笙的指尖輕輕地滑過蛋殼上的裂紋，衷心地祈禱著。

不曉得是不是晏笙的錯覺，好像有一股能量從他體內流出，順著指尖進入蛋裡頭，黯淡的蛋殼似乎變得明亮一些。

晏笙眨了眨眼睛，仔細打量有裂痕的蛋，卻沒看出蛋殼有什麼變化，還是原先的模樣。

氣運也不是萬能的啊……

晏笙心底低嘆，收攏了手臂，靠坐在蛋艙旁邊閉眼歇息。

現在已經入夜了，白天折騰了一天，他也累了。

第五章
預知夢

不曉得是不是「日有所思，夜有所夢」，晏笙睡著後作了一個古怪又糟糕的夢。

在夢境中，出現裂痕的蛋裡孵出手掌大的小娃娃，小娃娃長得白嫩嫩、圓嘟嘟的，頭頂上有一圈光圈，背上還有一對白色的小翅膀，如同縮小版的天使娃娃，相當可愛。

小天使繞著晏笙的身邊，撲搧著小翅膀玩耍，飛累就往晏笙懷裡一撲，嘴裡發出「嘰嘰喳喳」的稚嫩聲響。

晏笙跟他玩了一會兒，夢境突然一變，出現一大堆樣貌怪異的邪惡怪物，張著獠牙大口朝他們撲來，像是想要將他們生吞活剝一樣。

晏笙帶著小天使逃跑，前路卻是一片幽暗，分不清方向。

好不容易見到一個發光的出口，從出口逃出後卻看見聖薩曦族跟一大片黑暗交戰，整個星球硝煙裊裊，烽火連天，屍橫遍野……

凡是「邪惡黑霧」橫掃之處，生機斷絕，大地荒蕪，泥土地裡都染了血。

而後畫面又一轉，他見到蟲族大軍入侵次元星域。

就像是將聖薩曦族的慘狀複製黏貼過來一樣，到處都是硝煙戰火，到處都是屍體，到處都是無家可歸的孩子。

唯一的差異點就只是邪惡黑霧變成蟲子大軍罷了。

他見到阿奇納、埃奇沃司、達格利什、麥斯金等人和他們的親友在戰場上奮戰，他還看見饋贈記憶中的前輩們也在不同的戰場上跟蟲族戰鬥……

他見到蟲族中有一隻蟲后在指揮，蟲后率領著蟲子們吞噬掉整個宇宙，美麗的星辰銀河化為一片無窮無盡的黑暗。

「不！」

晏笙驚醒過來，呼吸急促，身上冷汗淋漓。

明明身上的衣服是可以調節溫度的防禦服，可是他卻覺得很冷，從骨子裡頭透出來的森冷。

「怎麼了嗎？」坐在另一邊看顧蛋艙的達格利什詢問道。

「我……作了惡夢。」

晏笙才說出一個字，就發現喉嚨乾啞無比，就像體內的水全化成冷汗排出了一樣。

他拿出一瓶水慢慢地喝著，直到喝完了一整瓶，他也才穩定了情緒。

「我作了一個惡夢。」他重複著之前的話，「我夢見聖薩曦族跟『邪惡』戰鬥的畫面，又夢見蟲族入侵了這裡……」

「只是個惡夢而已，假的啦！百嵐的防禦軍可是很強大的，牠們過不來……」達格利什笑著安撫他。

「那個夢很清晰，非常清晰。」晏笙的眼眸低垂，神情有些恍惚，「夢裡面，蟲族誕生一隻很強大的蟲后，牠的外殼是深紫色，上面有發光的螢光綠花紋，蟲后有撕開空間和吞噬能量的能力……」

不知道為什麼，晏笙總覺得蟲后的吞噬能力跟滅了聖薩曦族的「邪惡力量」很相似。

「牠們占領了一個叫做『地坎爾』的星球，那顆星球附近有很多隕石群，不容易被發現，牠們把地坎爾星當作據點，從那裡撕開空間入侵其他星系，朝斯嘎爾星、弗敦多星、巴麥加歇、時努倫……」

不能怪晏笙這麼害怕，那個夢境實在是太過清晰，也太過真實。

他根本就沒去過那些星球，也沒有在任何讀物上看過這些星球的介紹，但是他現在卻可以將那幾個星球的模樣描繪出來。

「在這個星系，北方的鴉角隕石群是牠們第一個占領的地盤。」

晏笙抬頭看向達格利什，臉上扯出一個似笑非笑的神情。

「我是在作夢對吧？這些都是假的。」

「……」達格利什沉默了。

晏笙之前提到的朝斯嘎爾星、弗敦多星這些，他並沒有聽說過，但是鴉角隕石群確實位於百嵐聯盟的北方邊境。

「你聽人提過鴉角……」

「沒有。」晏笙知道他要問什麼，直接截斷他的話，「我沒看過它的資料，沒去過那裡，也沒聽人說過，但是在夢裡面，我知道鴉角隕石群一共有一萬五百七十三顆隕石，其中有三百多顆是有水源和空氣，勉強可以居住生活的，我還知道鴉角隕石群有十幾顆隕石有豐富的礦藏，整顆隕石有一半都是礦……」

晏笙拿出紙筆，在上面寫寫畫畫。

他畫上了很多個圓圈，圓圈有大有小，還有形狀不成圓形的，他將其中一部分標出了位置。

「夢裡面，這幾顆大隕石被蟲子占領了，這幾顆大隕石用儀器檢測不出來，但是它的內部有礦，新型的能源礦……」

晏笙點出的那些隕石，面積差不多是次元星域的二十分之一到十分之一，說是小星球也不為過。

晏笙揉了揉眉心，覺得腦袋一抽一抽地疼。

他低頭看著描繪得相當精緻的圖紙，又看向已經目瞪口呆的達格利什，疲憊而虛弱地笑了。

「我是在作夢，對吧？」

「……」達格利什張了張嘴，卻發不出一個聲音。

要是作夢就能夢見這些東西，他還真希望自己也作一場夢。

晏笙也沒想過從他那裡獲得答案，他將紙張往達格利什懷裡一塞，人就這麼暈了過去。

「喂喂！你沒事吧？」

達格利什瞬間慌了手腳，一手抓著紙張、一手抱住晏笙，整個人僵得像一座石雕。

「他暈過去了，我、我該怎麼辦？」

他慌亂地看向虛空，希望能從直播間的彈幕獲得幫助。

「醫療儀？喔！對對！先用醫療儀掃描！」

獲得彈幕的指示，達格利什立刻拿出醫療儀朝晏笙身上掃了一遍。

「精神力耗空？這機器是壞了吧？他什麼都沒做怎麼會耗空精神力？」

達格利什看著儀器上的結果顯示，覺得頗為荒謬。

不過他還是遵循「醫囑」，給晏笙灌了一瓶治療精神力消耗過度的藥劑。

「接下來……什麼？你們要過來？好好，我會照顧好他和這些蛋。」

達格利什一手摟著晏笙、一手攏著蛋艙坐在甲板上。

精神力耗空可不是一件小事，即使已經讓晏笙服用過藥劑，他還是需要送到醫院進行更進一步的精密檢查和治療才行。

當空釣船停妥在空港時，接晏笙和蛋艙的人也抵達了，他們駕駛著大型艦船，船上有隨隊醫護人員、保鏢以及百嵐聯盟軍部的人。

軍部是為了晏笙手繪的那張圖紙過來的。

他們利用天網系統比對星圖後，發現這手繪圖的比例雖然不太正確，但是鴉角隕石群的數量卻是無誤，而且大致的隕石分布也是準確的，標出座標的那幾顆大隕石也是存在的。

百嵐聯盟甚至因此召開臨時會議，專門針對晏笙的「預知夢」進行討論。

「其他被入侵的星球不在我們這個星系，已經詢問聯盟友邦確認。」

「隕石群的位置是正確的，現在已經派人過去勘驗晏笙所說的礦產……」

「難道真是『預知』？」

「可是他又沒有預言方面的血脈……」

「但是他是時空商人啊！我們都知道，時空商人的天賦都跟時間和空間有關，而時間又是最奧妙的存在……」

「時空商人中，也存在著『預視』和『預見』這樣的天賦能力。」

因為具有時空之力，時空商人比一般人更容易看見過去或是未來的景象，所以晏笙作了預知夢也很正常。

「靈迦部落怎麼說？」

靈迦部落擁有預知的血脈天賦，占卜未來、窺視命運是他們的強項，在這場臨時會議召開之前，他們就已經將晏笙訴說夢境的直播片段擷取下來，送到靈迦部落讓他們判斷了。

靈迦部落的族長點點頭，「我詢問過祭司和長老，他們卜算後發現晏笙身上沾染了未來的氣息，或許無意間曾經窺探過命運……」

「或許？」

「嘖！你們這些占卜的總是把話說得模稜兩可，就不能直接一點嗎？」

「命運和未來都是隨著選擇改變的，沒有人能夠斷言未來。」靈迦部落的族長皺著眉頭反駁。

「既然這樣，邊防加重戒備。」

「可是我們又不曉得蟲族什麼時候來，要是警戒久了……」

長期處於警戒狀態，卻又遲遲等不到戰事到來，很容易出現反效果，甚至失去對高層的信任。

「依我看，要是沒有探查到動靜，我們暫時就用探勘能源礦的名義，讓他們增加巡邏次數，其他的就暫時維持原樣……」

「也好。」

說完了邊防軍的事情，會議話題又轉到晏笙身上。

一部分人認為，晏笙對百嵐聯盟做出這麼多貢獻，應該可以讓他直接成為百嵐的公民，不需要再進行審核。

另一部分的人卻持反對意見，他們認為，規矩定下就該遵守，不能夠因為他有貢獻就讓他破例，這是兩碼子事，晏笙做出的貢獻，他們可以另外給予補償。

還有一部分的人認為，晏笙都還沒選擇部落呢！就算讓他成為公民，他該去哪裡呢？

雖然現在各個部族都已經混居，但是部落族地和聖地都還是存在的，每一名成為公民的天選者，都要帶去部落族地生活一段時間，深入了解部落文化，還要去部落聖地接受洗禮，由部落的祭司為他紋上圖騰紋，這樣才會被當成真正的部落人，徹底被部落接納。

晏笙連部落都還沒選擇，他能去哪裡？

再者，按照晏笙的年紀，他還是個小崽子啊，這個年齡的崽子就是該待在次元星域訓練啊，這樣一來，有沒有讓他提前成為公民好像也沒有多大的影響……

幾方人馬爭來爭去，最後都沒能討論出一個結果來，這個討論就被往後延期，決定日後再議。

不過「加強對於晏笙的保護」這一點，所有人都達成了一致，他們可不願意見到這個善良大方、對百嵐有貢獻的好崽子出現什麼閃失。

當晏笙再度醒來時，他見到熟悉的雲海投影天花板。

房間的格局布置跟他之前住的那間醫院病房一模一樣，只是這次在旁邊看顧他的人不是埃奇沃司，而是許久不見的阿奇納。

阿奇納坐在靠牆壁的座位，一手支著下巴打盹。

在他和病床之間，三個小蛋艙整齊地排列著。

從這樣的布置看來，晏笙恍惚以為，他就像是剛生產完的孕婦，旁邊是他生下的蛋和丈夫。

啊呸！

他肯定是睡昏頭了才會有這種怪異的聯想。

晏笙慢慢撐起身體坐起，他不知道自己睡了多久，只覺得全身僵硬無比，動彈一下都覺得骨頭「喀喀」作響，像是忘記上潤滑油的機器。

阿奇納的聽力靈敏，再加上他並沒有放任自己熟睡，立刻就被晏笙發出的骨頭聲響驚醒。

「你、你醒啦？」阿奇納揉著眼睛，迷迷糊糊地看向晏笙。

「早安。」晏笙笑著跟他打招呼。

「你睡了六天，之前一直躺在醫療艙裡，昨天才轉移到病房來。」

阿奇納起身朝他走來，拿出一瓶營養劑餵他，等他喝下營養劑，他又拿出一瓶藥劑讓他喝下。

「醫生說，等你醒來以後，先讓你喝營養劑再喝藥，過半個小時再去叫他。」

阿奇納重複著醫生的吩咐。

見到晏笙喝下苦藥後瞬間皺起的眉頭，他連忙往他嘴裡塞了一顆甜果子。

「吃了甜果子就不苦啦！」阿奇納安慰道。

雖然甜果子的去味效果沒有去味糖好，不過還是淡化了不少藥劑的苦澀味，讓晏笙的臉色沒那麼難看。

「醫生說你的精神力透支過度，沉睡是身體在進行自我修復，睡醒就沒事了。達格利什守了你一天，我是你住院後的第二天回來的，之後就換我照顧你，達格利什回他們部落去了，他說等部落的事情忙完他會再過來看你。」

「蛋……」晏笙不明白蛋艙為什麼放在這裡，不是應該送去醫治嗎？

「護幼院的人已經來了，不過因為你在昏迷，這幾顆蛋的監護權沒辦法進行轉移，目前的監護人還是你，所以就跟你放在一起，反正有蛋艙保護，放哪裡都一樣。」

阿奇納將病床的桌架架起，把蛋艙放到桌架上，讓晏笙能看得更加仔細。

「醫生已經為他們檢查過了，除了有裂痕的這個小傢伙會有些發育不良之外，另外兩顆蛋都很健康，醫生還誇獎你買的孵育液很好，比醫院用的還要好……」阿奇納笑著誇讚道。

「埃奇沃司也來看過你，他本來想待在這裡照顧你的，可是萬宇商城的人跑來找他，好像是在催什麼藥劑，反正這裡有我，他就跟商城的人走了……」

阿奇納拿出一組藥劑，共計六十瓶，藥劑瓶並不大，約莫一指長寬，一口就能喝光。

「這個是我從墟境特地買給你的，可以增強體質的藥劑。」阿奇納一臉求表揚、求誇讚地說道：「十天喝一瓶，喝完以後配合一個小時的鍛鍊，就可以改善體質，把這組藥劑喝完，你的體質等級至少可以提高一、兩個級數，不會再那麼脆弱，而且這個藥劑的藥效非常溫和，沒有任何副作用。我已經問過醫生了，醫生說等你醒來，檢查確定精神力已經穩定下來，就可以開始喝它……」

阿奇納的表現讓晏笙回想起他以前的親友，他們也都會在外出旅遊後，採購當地有名的滋補品、營養品給他，希望能將他的身體補得強壯一些，別老是大病小病不斷。

晏笙臉上不禁勾起溫和的笑意，他道謝著收下藥劑盒，並轉手取出他要送給阿奇納的東西。

「這個是我前幾天去空釣撈到的東西，棘冠離鵰的心臟和星隕獸的血。」

星隕獸的血，晏笙送給他五顆空石的量。

「這是要給我的？」阿奇納的眼睛一亮，喜孜孜地將東西接過。

之前在看顧晏笙的期間，他也將晏笙這段時間的直播快速瀏覽了一遍，知道棘冠離鵰的心臟是晏笙拒絕賣出，並說是要贈送給朋友的，阿奇納曾經想過，那個「朋友」會不會是他，但他又想著這一年間，晏笙應該認識了不少新朋友，或許送禮的對象並不是他，心底便打消了這樣的念頭，只想著等晏笙醒來，再向他購買星隕獸的血來淬鍊武器。

如今經由晏笙本人證實，這禮物真是要送他的，讓他感到相當驚喜。

雖然他買給晏笙的藥劑也是花了不少星幣，把他這幾年積攢的零用錢都花光了，可是那些藥劑的價值可比不上晏笙送他的禮物。

「你對我真好！」阿奇納感動地抱住晏笙，「你放心，我會好好保護你、照顧你，不讓你被壞人拐走！」

在他待在醫院看顧晏笙時，他的阿爸、阿媽和阿姐和其他長輩都叮囑過他，要他好好照顧晏笙，別讓不懷好意的人拐走他，不然他就沒有對他這麼好的小玩伴了。

一開始他還有些不以為意，覺得晏笙才不會離開他這個小夥伴呢！不過現在阿奇納倒是有了危機感，晏笙對他實在是太好了，好得讓他擔心別人會不會忌妒晏笙對他的好，故意跟晏笙說他的壞話，讓他不理他？

「我是你最最最好的小夥伴，你也是我最最最好的小夥伴，對不對？」阿奇納繃著小臉，一臉嚴肅地問。

「……對。」

雖然不曉得為什麼阿奇納會聯想到這些，不過晏笙還是笑著點頭了。

「那我們說好了，我會對你第一個好，你也要對我第一個好，其他人都只能排第二個、第三個！」

晏笙恍惚有些明白，阿奇納的種種異常是小孩子對待好朋友的獨占心態，想通這一點，他便不再將阿奇納的異常放在心上，不管他說什麼，都以「好好好」、「你最好」的最佳答案回應。

到了檢查時間，阿奇納找了醫生過來，晏笙被推進一個大型醫療機械進行全身檢查，整個檢查過程比他第一次住進這裡時還要隆重，光是掃描就掃了一個多小時，他差一點在裡頭睡著。

「檢查結果很好，他很健康，精神力還比上次增長了一小部分，以後再鍛鍊鍛鍊，就可以突破當前等級了……」

醫生看完報告上的數據，拍拍晏笙的肩膀，和藹地鼓勵道：「小崽子，要加強身體鍛鍊啊，你現在還很年輕，還是能把身體素質鍛鍊強壯的。多跟你旁邊的崽子出去走，去打黑塔或是到處遊玩都行，別總是在家裡待著……」

聽見這番熟悉的叮囑，晏笙不由得分心地想：是不是每個世界的醫生都是對病患說著差不多的話？前世的他也是這麼被醫生「教育」的。

笑著送走了醫生後，晏笙和阿奇納回到病房，迎接來自護幼院的客人。

護幼院跟孤兒院並不相同，他們是托兒所、幼兒園和孤兒院的綜合體，他們會教導孩子們知識、引導孩子們協同合作，以及照顧孩子們的日常起居。

家長們可以選擇讓孩子住在院裡，直到放長假才回家，也可以選擇每天接送孩子，來回通勤。

前來與晏笙接洽的工作人員一共有三位，個個容貌親善、氣質溫和，說話也是柔聲細語的，非常有幼教師的風範。

「監護權的轉移一共有三種方式。」負責主導這次會談的中年教師說道：「第一種是監護權不轉移，您就像其他家長一樣，只是將孩子們放在護幼院中進行學習和照顧，每個學期為孩子們支付學習費用、生活費用和各種雜費，院方會定時將孩子們的成績和生活影片傳送給您……

「第二種是轉移一半的監護權，另一半歸屬於照顧孩子的院所所有。您需要支付的開銷也只有一半，要是有其他人想要扶養孩子，院方會通知您，邀請您與院方和孩子一同討論……

「第三種是您放棄監護權，完全將監護權轉移給護幼院，護幼院會為孩子找到合適的新監護人，您與孩子再無關係，也不需要承擔孩子的成長費用。」

晏笙沉吟了一會，選擇了第一種。

他想將這幾顆蛋交出去，主要是因為擔心自己無法將他們教養好，畢竟父母親的職責，可不僅僅是讓孩子吃飽穿暖，更重要的是人格和品德的培養，但是現在有專業的幼教師負責照顧，他只需要為孩子們支付開銷而已，他認為自己可以擔起這份責任。

再者，他也希望在這個異世界擁有家人。

這三顆蛋是孤兒，他也是孤身一人，這不正是最合適的家庭組合嗎？

對方對於晏笙的選擇有些意外，卻又沒有說出任何阻止的話，反而露出更加溫和、慈祥的笑容。

「這三顆蛋這個月就會孵化出來，按照規定，幼崽們想要入學最快也要等到脫離蛋殼，跟家長生活一個月，熟悉家長的氣息後才能入學，而且現在護幼院正好到了學期末，我建議您讓這三隻小崽子等到新學期開學再入學，只需要再等三個月即可。」

「可是我不曉得該怎麼照顧他們，我連他們要吃些什麼都不知道……」晏笙面露慌張。

他還是個孩子呢！哪裡懂得怎麼照顧寶寶？而且這寶寶還是外星寶寶！

「您不用擔心，關於這一點，我們也想過了。」中年教師對他安撫地笑笑，「為了讓您更好地照顧孩子，成為一名稱職的監護人，我們會提供遠端協助，並且將一切需要的知識傳輸給您，要是您還不放心，也可以申請保姆機器人……」

如果晏笙不是選擇擔任監護人而是將監護權轉移，中年教師是不會提出這項安排的。

聽到有人會教導，晏笙安心許多。

「我想申請保姆機器人，需要什麼流程或是繳交多少費用？」

「您只需要填寫申請文件，並且繳交租借費用即可，一個月的租借費用是一萬星幣，繳費後，等待兩小時就能獲得機器人。」

「我可以讓保姆機器人跟去護幼院照顧孩子嗎？不影響他們學習，就只是照顧他們的生活起居。」

這三顆蛋出生後就要被送去護幼院，晏笙擔心護幼院人手不足，沒辦法妥善照顧這三個寶寶。

「可以的。」中年教師點頭回道，並不認為晏笙這樣的安排干涉太多，幼崽們本該得到最好的照顧。

「護幼院也有保姆機器人，不過因為各院的經營評分和經費的差異，保姆機器人的等級也不一樣，要是您不放心，也可以讓自己的保姆機器人照顧幼崽。」

「謝謝。」

雙方談妥後，中年教師讓晏笙簽署相關文件，這些文件除了申請保姆機器人之外，還有為三個寶寶辦理戶籍和入學的資料。

「請務必在寶寶出殼時待在他們身邊。」臨離開前，中年教師跟晏笙交換了通訊號，並鄭重地叮嚀道：「幼崽們會將出殼後第一眼看到的人、第一次感受到的氣息當成家長，要是第一次的感應出錯，以後要糾正過來會相當麻煩。」

「好的，我會守著他們。」晏笙認真地將這件事情記在心底。

因為還有事情要辦，晏笙沒有立刻將蛋艙接回家，他挨個摸了摸三顆蛋，跟他們說了自己還有事情要做，先將他們留在醫院讓專業的醫療團隊照顧，等到他忙完事情後就會來接他們回家。

「你們要乖乖的，努力吸收孵育液，健健康康地長大……」

像是在回應晏笙的話，幾顆蛋都晃動了幾下。

「動、動了！他們動了！阿奇納，寶寶他們動了！」晏笙滿臉驚喜地拉著小夥伴，興奮得像是見到新奇玩物的孩子。

「他們快破殼了，已經足夠大了，當然可以跟外界互動。」阿奇納表面上一副見怪不怪的模樣，眼底卻也是閃爍著跟晏笙同樣的驚喜。

「寶寶能聽懂我的話嗎？能？你們好聰明啊！」

「你們的爸爸媽媽已經給你們取好名字了，我給你們取小名好不好？小名就是家人叫的，比較親暱的暱稱……

「你的蛋最大顆，就叫大寶，你是二寶，你是小寶……寶是寶貝、珍寶的意思喔！」

「欸欸，小寶搖晃小力一點，你的殼都裂了，搖太大力會把殼弄破的……」

晏笙嘰嘰喳喳地跟三顆蛋寶寶對話，直到寶寶們搖晃累了，他才一顆蛋親了一口，心滿意足地拉著阿奇納離開。

在前往空白之地的飛船上，晏笙就已經跟老船長聯繫過，說了自己的抵達時問，並跟老船長約定了見面地點。

因為老船長替空釣商會牽線賣貨，晏笙他們跟老船長碰面後，老船長便帶著他們來到空釣商會的大倉庫。

由於晏笙並不在意貨品的種類和數量，只在乎品質好壞，所以他們看貨的過程相當迅速，晏笙的鑑定之眼一開，有瑕疵的貨樣被挑出，這就完成了驗貨的工作。

空釣商會還算有誠意，被挑出的瑕疵商品並不多，一旁跟著的老船長臉色也好看一些。

雙方談妥價碼後，晏笙將商品收入商城系統空間，交由橘糰去整理上架，貨品的價格就以他的收購價上加三成，算是相當便宜的價碼。

離開空釣商會後，一行三人來到老船長自家的倉庫前，堆放在裡頭的貨樣都已經整理整齊，相當方便驗貨。

經過鑑定後，晏笙發現老船長的貨物品質都很不錯，沒有瑕疵品和劣質品，貨物全都整理得很乾淨，他很滿意地買下了。

有了空釣商會做對比，晏笙覺得老船長是個可以長期合作的人，他將自己的想法告訴了老船長，說他想跟他簽訂長期合作，貨物兩個月交易一次，貨款現場結清。

晏笙會在百嵐城租賃一個大型倉庫，並將副鑰匙給老船長，老船長可以利用副鑰匙在空白之地和百嵐城之間來回，將貨物送到倉庫存放，讓晏笙只需要傳送到倉庫看貨，不需要每隔兩個月就要大老遠地跑一趟空白之地。

老船長當然是欣然同意了。

晏笙出手大方、為人和善，又能體諒他們的辛勞，願意分出利潤給他們，不像其他商人總是喜歡不斷砍價、不斷地壓低價碼，好像他們打撈這些東西都不需要付出危險和汗水一樣。

老船長有一大幫船員和家庭要養，當然願意跟著晏笙合夥賺錢。

兩人簽訂了為期三年的合約，這三年是雙方的觀察期，要是三年間的合作順利愉快，日後自然可以簽訂更為長久的契約。

合約簽訂後，心中掛念著蛋寶寶的晏笙，婉拒了老船長的留宿邀請，拉著阿奇納搭上晚班的飛船，在飛船上用餐和歇息後，下了船就直奔醫院，將三顆蛋寶寶和申請到手的三個保姆機器人一併帶回家。

在租賃的樹屋小窩裡開啟了他和阿奇納的奶爸生涯。

第六章

自帶光圈的幼崽寶寶

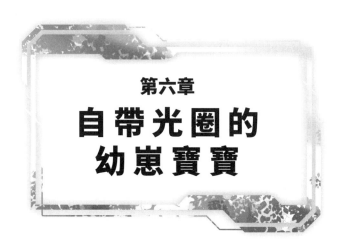

從沒養過小崽子的晏笙和阿奇納，興沖沖地討論著蛋寶寶的未來規劃，討論著該將蛋寶寶送到哪間護幼院就讀，兩人還就著要不要給蛋寶寶布置房間一事商議了老半天。

晏笙覺得小寶寶剛出生就應該跟家長待在一起，增進家長和孩子的情感，阿奇納卻認為小崽子要獨立自主，需要有自己的房間，更何況他們有保姆機器人照顧，家長只需要白天陪玩就行了，晚上讓他們睡自己的小房間正合適。

阿奇納說得信誓旦旦，還說他們家也是這麼做的，晏笙以為這是百嵐聯盟照顧孩子的方式，便被說服了。

晏笙租賃的樹屋雖然房間多，空房間卻已經被他改造成製藥室和書房，客房只剩下一間。

晏笙跟阿奇納商量過後，決定去買一張雙人大床，他和阿奇納一起睡在主臥室，客房就布置成寶寶們的房間。

阿奇納第一次發現，原來買東西和布置房間也是一件有趣的事情，雖然比不上打架和刷黑塔，可是跟晏笙一起討論、一起將構想中的房間布置出來，最後的成就感也不差。

寶寶們的房間統一採用柔和、舒適的色調，窗簾是帶有可愛圖案的米色窗簾，地面鋪上了具有自動清潔功能、柔軟又具有保護力的雲朵軟墊，牆壁和天花板有各種動畫和風景的投影，房間正中央位置安放了三張娃娃床，等寶寶們破殼了就能使用。

他們還採購了泡沫洗澡機、寶寶專用的各種生活用品和柔軟的衣物和鞋襪，以及一大堆目前最熱門又最受歡迎的寶寶玩具。

玩具送到後，阿奇納以「替寶寶試玩」為藉口，搶先將玩具拆開。

給寶寶玩的玩具顏色大多鮮豔繽紛，形體大多是柔軟又具有彈性，其中又以球類居多，阿奇納很高興地變成原形，蹦蹦跳跳地撲騰著那些大大小小的球。

看著窩在球堆裡滾動玩耍的大貓，晏笙突然想去買一根逗貓棒來逗貓。

不過這個念頭隔天就打消了。

大貓的破壞力比預想的還要驚人，差點沒將樹屋給蹦噠垮了。

為了樹屋著想，晏笙強制地將玩具收起，惹來大貓瞪圓了眼睛、滿臉委屈地控訴。

「……」晏笙板起了臉，擺出一副「絕對不心軟」的模樣。

「喵嗚～～」大貓蹭了蹭晏笙的臉頰和脖頸。

晏笙：「……」

敗給大貓賣萌攻擊的晏笙，給他買了貓族最愛的巨大軟球，將大貓趕到外頭玩耍。

樹屋外面水道遍布，不過這對行動靈巧、敏捷又不怕水的大貓來說並不成問題，反而讓他的遊戲增添了一些挑戰。

晏笙站在門口看著大貓在樹根與樹根之間跳躍玩耍，大球被他用腦袋頂著、用尾巴甩著、用肉掌拍著，始終沒有落下。

大貓玩了一會兒後，似乎是膩了，懶洋洋地趴在可以漂浮在水面的大球上。

晏笙心頭一動，抓了一顆籃球大小的軟球丟向大貓，大貓踩著空氣球縱身跳起，張嘴接住了軟球，又扭頭丟回給晏笙。

晏笙接住軟球後樂呵呵地笑了。

大貓不明白他在笑什麼，歪著腦袋看向他，尾巴一甩一甩的。

晏笙又拿出一箱的「赤鯛小魚乾」，準備投餵大貓。

這是萬宇商城上的熱門食品，據說是巨貓族最愛吃的零嘴。

雖說是「小魚乾」，但是一條赤鯛小魚乾的重量也有三斤多，這還是變成魚乾後的重量，體型頗大，在晏笙看來，它根本應該叫做「赤鯛大魚乾」。

箱子打開後，大貓立刻仰起腦袋，鼻子抽動，尾巴都豎直了。

「來，接著！」

晏笙提醒了一聲，隨後抓著魚尾，把手裡的魚乾用力一拋……

阿奇納身形靈敏、動作飛快地撲向小魚乾，張嘴咬住，大口咀嚼。

「喵嗚嗚嗚……」

阿奇納大貓自喉嚨發出呼嚕嚕的聲音，眼睛彎彎地瞇起，嘴角上揚，用全身心表示他對這樣零嘴相當滿意。

他輕盈地跳到晏笙身旁，毛茸茸的腦袋蹭了蹭晏笙的腰，而後轉過身，趴伏在門前的空地上，尾巴還纏上了晏笙的腿，勾得他重心不穩，跟著歪倒在阿奇納身上。

「呼嚕嚕嚕嚕……」大貓發出笑聲一樣的聲響，漂亮的鴛鴦眼睛閃閃發亮。

晏笙擼了一把大貓，調整了坐姿，半躺半靠地坐在阿奇納身邊。

「喵～～」

阿奇納伸出爪子將小魚乾的箱子拉到晏笙面前，示意他投餵。

晏笙撓了撓他的下巴，大貓被撓得舒服，喉嚨不斷發出呼嚕嚕的低鳴，卻也沒忘記要晏笙投餵。

「怎麼？你把我當鏟……保姆啦？還要我餵你吃？」

晏笙本想說「鏟屎官」的，又覺得阿奇納可能不懂這個詞彙的意思，便改成他可以理解的用詞。

「喵？」異色雙瞳滿是天真無邪，尾巴卻勾著晏笙的手臂伸向魚乾箱子。

晏笙捏了捏他毛茸茸的臉頰，順著他的催促，抓出一隻魚乾投餵。

「吃魚魚囉！親愛的大貓寶寶～～」

他故意用著跟嬰兒說話的口氣，還加重了「寶寶」的咬字。

大貓才不管他的揶揄，有人投餵小魚乾，節操算什麼？

「哎呀！大貓寶寶好乖……」

「大貓寶寶吃得很乾淨呢！」

「寶寶真可愛。」

「魚乾都吃完了，我看看寶寶有沒有吃飽？」

晏笙伸手朝大貓的肚皮摸去，把大貓驚得縮起肚子躲避，只是他就算把肚子縮凹了，身體依舊待在原地，又怎麼可能逃得過晏笙的魔掌呢？

「咦？寶寶的肚子是扁的呢！沒吃飽嗎？」晏笙在肚皮上揉了幾把，「寶寶的肚子好軟……」

大貓又羞又氣，翻身逃離了晏笙的魔爪。

「哈哈哈哈……」晏笙樂得哈哈大笑。

「喵！」大貓瞪著眼睛控訴，肚皮是家人和伴侶才能摸的，小夥伴不能亂摸！

「噗哧！哈哈哈……」晏笙被他那副小媳婦的模樣逗得更樂了。

明明表情是恐嚇、發怒的模樣，可是他的尾巴卻是縮進後肢的，這明擺著就是在害怕嘛！

「喵！」

阿奇納見小夥伴沒有反悔和道歉的意思，氣呼呼地撲向晏笙，將他壓在身下，而後伸出貓肉掌揉他的肚皮。

以牙還牙！

「等、等等，不、哈哈哈、我、我怕癢哈哈哈……」

晏笙左躲右閃地想要逃避，可是他整個人都被大貓壓制著，根本躲不開。

「我、我錯了，哈哈、對不起，你、你饒了我吧……」

晏笙笑得雙頰漲紅、眼角泛出了淚光。

看著狼狽求饒的晏笙，大貓這才得意洋洋、「大發慈悲」地放過他。

「滴哩滴哩！」保姆機器人出現在樹屋的二樓窗戶，「大寶即將破殼，請家長立刻陪在寶寶身邊。」

聽到通知，晏笙和阿奇納連忙跑到寶寶們的嬰兒房。

他們原以為，保姆機器人所說的「即將破殼」的大寶，蛋殼上應該會出現小缺口了，結果等到他們靠近了蛋艙一瞧，發現蛋殼依舊光滑完整，並沒有出現任何裂痕缺口。

「不是說要破殼了嗎？這蛋還是好好的啊！」阿奇納不解地詢問保姆機器人。

「經檢測，蛋內的蛋液已經被吸收大半，幼崽活動的頻率增加，並且有敲擊蛋殼的跡象，經過推算，預計幼崽會在一分鐘後進行破殼行動……」保姆機器人如此回覆。

聽到一分鐘後即將要破殼，晏笙和阿奇納便乖乖地站在蛋艙旁邊等待。

大寶在晏笙他們靠近後便微微地晃動，像往常一樣跟他們「打招呼」，等到保姆機器人說了他即將破殼的消息後，整顆蛋晃動的力道更大了，像是幼崽呼應著保姆機器人的話，正興奮著要破殼而出。

「篤篤篤、兜兜兜、喀！兜兜兜兜……」

一陣細碎的，像是有尖銳物體戳刺蛋殼，又像是釘子釘在木板上的聲音響起，白蛋也搖晃得越來越用力。

在大寶努力破殼時，旁邊兩顆蛋也跟著搖晃起來，像是在為大寶加油。

「有裂痕了！」

「大寶好棒！繼續加油……」

兩名自己都還是未成年的少年，像是家長一樣地為小寶寶鼓舞，讓人看得心都跟著軟成一團棉花糖。

直播間內，不少母愛濃厚的觀眾紛紛打賞，各種禮物特效幾乎淹沒了直播畫面。

約莫過了十多分鐘，大寶終於破殼而出了！

那是一隻身長只有十公分，毛茸茸、軟綿綿、圓滾滾、頭上飄著一個光圈，絨毛色是粉白色的小雞寶寶。

晏笙猜想，這個聖薩曦族應該是某種禽類，至於是雞還是鳥……這就要等日後幼崽們長大才清楚了。

反正小幼崽現在的模樣看起來跟小雞差不多，只是絨毛顏色不同而已。

小幼崽才剛破殼，身上還沾著蛋液，粉白色的絨毛貼在身上，讓他顯得更加……渾圓。

是的，這隻小幼崽的體態很圓，圓得像一顆球，可以看出他在蛋裡吸收了很豐盛的營養，發育得很健康。

晏笙情不自禁地屏住呼吸，生怕自己一個大喘氣就把寶寶給吹得「滾」走了。

小幼崽出生後，先是朝著晏笙「啾」了一聲，算是跟家長打招呼，而後埋頭開始啃著他的蛋殼。

稱職的保姆機器人在寶寶吃東西時，將機械手掌轉換成烘乾器，發著舒適的溫度將寶寶的絨毛烘乾。

絨毛乾爽的小幼崽，體型膨脹了一大圈，變得更加圓滾滾，他的頭頂上還翹起一根奶黃色的冠羽，看起來像是連接網路的天線，而光圈就飄在冠羽上方。

晏笙其實有點納悶，這小幼崽的絨毛不是沾著蛋液嗎？蛋液不是黏稠狀的嗎？照理說，沾了黏稠液體的絨毛，要是不經過清洗就烘乾，應該會結成一束束、一塊塊的，怎麼小幼崽被烘乾後，絨毛卻是根根分明、根根清爽？

難道外星版蛋液比較特殊？不需要清洗？

「因為蛋液被吸收掉了啊……」阿奇納給出了答案。

原來這沾在寶寶身上的蛋液，是會被絨毛和皮膚自動吸收的，完全不用清洗。

大寶吃光了蛋殼，張開小小的翅膀朝晏笙叫著。

晏笙小心翼翼地伸出手，掌心向上地平放在大寶身前。

「啾嘰！」大寶蹦噠著短短的爪子，跳到晏笙掌心，歡快地滾了一圈。

「小心。」

晏笙擔心他會掉下去，連忙用另一隻手護著。

大寶直起圓胖的身體蹭了蹭另一隻手，又試圖順著手臂爬到晏笙身上。

晏笙被他弄得手忙腳亂，連忙雙手將大寶捧到胸口處。

「啾嘰！嘰啾！」

大寶抓著上衣的面料，嘰嘰喳喳地爬到晏笙的肩頸處，在他的頸窩蹭了蹭，又顛起爪子，在晏笙的臉頰蹭了蹭。

「大、大寶，你別亂動……」

晏笙被蹭得脖子發癢，卻又不敢隨便動彈，生怕把大寶摔了。

「阿奇納，快把大寶接走……」

「不行、不行。」阿奇納連連搖頭，還往後退了幾步，「這崽子太小了，我怕一不小心把他捏死了。」

即使阿奇納現在還沒成年，手上的力道卻是足以捏鋼碎石，這麼強大的手勁可沒辦法碰觸嬌軟的小幼崽。

「請家長不要亂動，寶寶正在熟悉家長的氣息，同時用自身氣味標記家長，加強親子間的聯繫。」機器人說出大寶這番行為的緣由。

「原來是這樣……」

明白大寶想做什麼後，晏笙乾脆往鋪了軟墊的地板躺下，降低自己的高度，任由大寶在他身上旋轉、跳躍、翻滾……

阿奇納覺得有趣，也跟著躺倒在晏笙身旁。

大寶在晏笙的臉上和脖頸處滾了一圈後，感受到阿奇納發出的強大氣息，歪了歪腦袋，以為這是另一個「家長」，便揮著小翅膀歪歪扭扭地飛向阿奇納。

阿奇納看他飛得吃力，連忙伸手將小雞寶寶接住。

像雲朵般軟綿綿的小幼崽落到他的掌心，那微弱的體重卻像是重達千萬斤，讓阿奇納渾身僵硬，完全不敢動彈。

待在他掌心處的小幼崽可不管這些，他順著阿奇納的手臂跑到他的脖頸，同樣的翻滾、蹭氣息流程在阿奇納身上重複一遍後，大寶就直接趴在阿奇納的額頭上睡著了。

畢竟是剛出生的小幼崽，從破殼到蹭氣息的活動量太大，小幼崽的體力瞬間就被消耗光了。

感受著額頭上的綿長氣息，以及小幼崽打小呼嚕的細微聲響，阿奇納連忙朝晏笙使眼色，示意晏笙將小幼崽從他頭上「拿」下來。

剛才他捧著這嬌軟的小東西時就已經嚇得渾身僵硬，實在不敢動手。

晏笙笑著伸出手去，卻在即將碰觸到小幼崽時拐了個彎，轉而捏了捏阿奇納的臉頰，把他給驚得瞪大雙眼。

小小地捉弄了阿奇納後，晏笙這才輕柔地捧起小幼崽，將他放到預備好的嬰兒床上，至於先前的蛋艙就讓保姆機器人清潔一番，等到剩下的兩顆蛋都破殼而出後，再將這三個蛋艙一併捐給護幼院。

護幼院算是半個慈善機構，接受外界的捐款和贊助，並會將捐贈款的支出流向對外公開，讓外界審查，公信力和名聲在百嵐聯盟中算是很不錯。

安置小幼崽後，晏笙和阿奇納便將小幼崽交給保姆機器人照顧，雙雙離開了嬰兒房，不去干擾他的睡眠。

大寶破殼而出後，過了五天，二寶也跟著破殼，之後又過了十天，蛋殼有裂痕毀損的小寶也有驚無險地出殼了。

晏笙和阿奇納原本以為，有保姆機器人在，他們只需要陪吃、陪玩即可，卻沒想到小幼崽比他們想像的還要黏人！

吃飯要他們餵，不要保姆機器人；學習要他們教，不要保姆機器人；玩遊戲要他們陪玩，不要保姆機器人；洗澡要他們洗，不要保姆機器人；睡覺也要他們哄，不要保姆機器人……

小幼崽的活動量雖然不大，醒一會兒就要睡覺，可是他們的睡眠時間也短啊！

兩個小時就要醒來喝奶、玩耍一趟，不分晝夜都是如此，把晏笙和阿奇納的生理時鐘也跟著弄亂，讓兩人鬧出了大大的黑眼圈。

「照顧小崽子比我刷十天的黑塔還累！」

阿奇納躺倒在嬰兒房的軟墊上，語氣虛弱地哀號。

這幾天，三隻小崽子一醒來就要找他們，找不到就嚎啕大哭，晚上睡覺也要他們陪睡，小手還緊緊抓著他們的頭髮不鬆手，生怕「兩位小家長」在他們睡著之後跑掉。

為此，晏笙和阿奇納只好將嬰兒房當臥房，天天在這裡打地舖，跟崽子們一起睡覺。

「等長大一點就會好了……」晏笙也只能這麼安慰。

根據保姆機器人的說法，小崽子們會出現這樣的反應，一個是源自他們本身的性格，二是他們在蛋中曾經遭遇過危險，即使他們在蛋裡面並不清楚外界的情況，但是他們可以感受到那些情緒和氛圍，這也就造成了小崽子們沒有安全感，強烈地渴求來自「家長」的保護和關心。

面對這樣的情況，家長需要更加耐心和細心地照顧，讓小崽子們得到安心和信賴，讓他們知道這個新環境是安全、無害的，他們可以放心玩耍的，這樣才能消除他們的不安。

阿奇納雖然嘴上埋怨，對三隻小崽子卻相當上心，向來喜歡往外跑的他，這段時間都沒有外出，而是耐心地陪著小崽子玩耍，甚至還會化為原形，任由三隻小崽子在他身上蹦噠。

「欸、欸，別扯！別揪我的毛……」

阿奇納雙手手掌虛虛地攏住三隻小幼崽，將他們困在一起，卻也不敢使勁將他們拉開。

小幼崽們也不曉得怎麼回事，總是喜歡拉扯他的毛，雖然小幼崽的力道太小，沒辦法折損貓毛半分，也不會讓皮粗肉厚的阿奇納覺得疼，但是會癢啊！

「晏笙，你的輔食還沒做好嗎？我的毛要被他們扯光了！」阿奇納衝著門口大吼，語調誇張。

晏笙在廚房跟保姆機器人學習製作崽子的輔食，聽到阿奇納的吼聲也沒有理會，這種情況一天總能發生好幾回，他已經習慣了。

外星崽子的生長速度飛快，才破殼幾天就能吃輔食了，讓晏笙感到很是驚奇。

不過想想也對，他們剛出殼時都能啃蛋殼了，更何況是比蛋殼還要柔軟多汁的果泥和肉泥？

晏笙將果泥和奶果的果汁混在一起，再將對禽類幼崽有益處的蟲絲切得細碎，撒上，調和均勻，一碗味道極佳又富含營養的幼崽輔食就完成了。

端著輔食，晏笙快步來到房間，將阿奇納從幼崽的爪子中救下。

「啾啾嘰！」

「啾！」

「嘰一嘰一……」

三隻小崽子聞到輔食的香甜氣味，開心地跳入碗中，將身體浸泡在食物裡頭，大快朵頤。

儘管知道幼崽的絨羽和肌膚可以吸收輔食，但是這樣的畫面還是讓晏笙很想將崽子抓去洗澡。

然而，崽子在吃東西時不能打擾，晏笙也只好閉著眼睛默唸：不乾不淨，吃了沒病。

「一小時後讓他們洗澡。」晏笙給保姆機器人下達指令。

「是。」

「嘰！」

聽到要洗澡，大寶仰頭發出抗議。

他並不討厭洗澡，可是也沒有崽子一日三餐地洗啊！

每次洗完澡，小爸跟大爸的氣息就沒了，他還需要重新蹭一遍，很累的呢！

「不想洗澡，以後就別這麼吃飯。」晏笙輕輕地點了點他的小腦袋。

二寶和小寶出生後，大寶就以哥哥自居，會帶著兩隻小的玩耍，也會帶著他們調皮搗蛋，跳入食物裡頭的壞習慣就是大寶帶頭的。

「啾嘰！」大寶抗議了，碗這麼大，他不跳進來吃要怎麼吃？

「我明明有幫你們準備小碗。」晏笙指著放在旁邊的小碗。

這些小餐具還是他為了讓小小的小崽子方便進食特地買的，結果竟然一次都沒派上用場！

大寶發現抗議無效，化悲憤為食欲，大口開吃。

二寶懵懵懂懂地看看晏笙又看看大寶，發現沒什麼事情發生，便又埋頭繼續吃。

小寶食量小，已經吃飽了，正用小翅膀拍打著輔食玩耍，讓碗裡頭的食物泥都飛濺出來。

晏笙看著一片狼藉的桌面，無奈地揉揉眉心。

「遇到這種情況，你們都是怎麼處理？」他問著同屬於外星人的阿奇納。

「啊？等一下讓機器人清理桌子就行了啊！」阿奇納沒聽懂晏笙的問題。

「我不是指桌子，是孩子的教育……」晏笙哭笑不得地說道：「如果是在我的家鄉，小孩子拿著食物玩，父母會裝出生氣的模樣，口頭教育，讓孩子知道他的行為是錯誤的……」

畢竟孩子還小，也不可能做出其他懲罰。

「喔喔！你是說這個啊！他們現在還小，讓他們玩，等長大一點就可以開揍了。」

晏笙：「……」所以外星人也是實行棍棒教育？
「難道你們都不先教孩子分辨對錯嗎？」直接上手就打？
「這些東西他們長大就會懂了。」阿奇納一臉理所當然地回道。
吸收了血脈中的傳承知識後，要是還不改掉錯誤，那當然就是直接開揍了。
「你不教，他們怎麼會懂？」晏笙皺眉反問。
「為什麼會不懂？」阿奇納不解地反問。
「所以你是要等學校老師教他們？」
「老師不會教這些。」
「那你不教，老師也不教，他們怎麼會知道什麼該做什麼不該做？」
「他們會知道啊！長大了就知道了……」
兩人雞同鴨講地繞了一大圈後，晏笙這才從阿奇納的解釋中理解了。
原來這些外星智慧種族都有「血脈傳承」，幼崽們會隨著年齡增長，慢慢吸收祖先、長輩留存在血脈中的傳承知識，即使沒有經過系統的學習也能明白很多事情。
知道孩子們自有血脈傳承教導，晏笙心底的負擔又減少一大半，不用擔心自己會將聖薩曦族的倖存幼苗給教壞了。

脫離了「長輩和父親」的身分，晏笙和阿奇納更加樂意以「兄長」的身分和小幼崽們玩耍，心態一放開，他們和三隻小幼崽的感情一日千里。

儘管阿奇納嘴上總是嫌棄著小幼崽，但是跟他們玩最瘋的也是他。

在屋裡待膩後，他會帶著小崽子們到樹屋外頭的水道嬉戲。

小崽子不怕水，在水裡待上小半天就學會游泳，不過晏笙還是買了不少救援氣泡圈在旁邊待命，一發生問題就立刻撈小雞。

阿奇納取笑他太過操心，簡直比他阿媽還要囉唆。

晏笙冷笑著踢他一腳，阿奇納笑著順勢倒進水道中，濺出一大朵水花，淋了晏笙一身。

「……」晏笙默默地抹去臉上的水。

「哈哈哈……是不是很涼快？」

阿奇納又潑了他兩捧水，讓晏笙原本只有一點點濕潤的衣服全部濕透。

「你也下來玩啊！水很涼，很舒服！」

「啾啾！」

「嘰嘰啾……」

「啾一啾一？」

三隻小幼崽也學著阿奇納的動作，揮舞著小翅膀朝晏笙潑水，只是他們的翅膀太小、力氣太小，水花飛到一半就落下了，完全潑不到晏笙身上。

「啾！啾！」

大寶烏溜溜的眼睛轉了轉，想出一個辦法。

他潛入水中，將自己全身弄濕，而後跳出水面，搖搖晃晃地朝晏笙飛去，晏笙不疑有他，習慣性地伸手將大寶捧在手心。

大寶落在晏笙掌心後，腳爪一蹦，整隻鳥化為一顆小飛彈，朝著晏笙的腦袋直撲而去。

「啪搭！」

大寶貼在晏笙的頭頂上，小腦袋東蹭西蹭，還來回翻滾幾圈，將身上的水都蹭到頭髮上，而後像是勝利者一樣，昂然地挺著胸脯，撲搧著小翅膀飛回水裡跟弟弟們會合，迎接弟弟們的崇拜和歡呼。

晏笙：「……」突然好想將雞崽子逐出家門。

最後，晏笙還是抵擋不住眾人的呼喚和太陽的熱度下水玩了。

他躺在柔軟的漂浮墊上，任由水流搖晃擺盪，斑斕的日光與樹蔭縫隙交織，在水面上形成各色光影。

變身成大貓的阿奇納見他躺得這麼舒服，也跟著變成人形擠上漂浮墊。

「欸欸……」

偏移的重心差點讓晏笙滾落漂浮墊，還是阿奇納拉了他一把，將人摟在懷裡，雙雙躺在漂浮墊的中心處。

漂浮墊是單人加大版，擠上兩名少年也還能撐得住，只是這樣一來，晏笙和阿奇納就必須肉貼肉地貼在一起，否則就會滾落水中。

「熱……」晏笙踹了踹阿奇納，「你坐著，別躺著。」

坐著就能讓出更多空間，不用兩個人擠在一起。

「晏笙哥哥！我們來啦！」

兩艘細舟順著水道而來，領頭的細舟站著一男、一女兩個孩子，壓後的小舟略大一號，由一名少年駕駛，上頭放置幾籮筐的可食用藻類和幾個大籃子的果醬。

晏笙雖然一直待在樹屋這裡，卻也不是什麼都沒做。

他讓先前擔任導遊的陶波拉少年替他收集神樹島當地的特產，舉凡可食用的藻類、水草、海產、海菜，水果、布匹、零嘴、乾貨、日用品等等，無論價格高低，只要陶波拉能找到的，都可以拿來賣給他，他會給他一筆跑腿費。

陶波拉雖然只有十幾歲，人卻相當勤勞，再加上他當過導遊，對當地相當了解、人緣也極廣，短短一天時間就將這附近的銷售管道打通。

而他的弟弟、妹妹也聯合了小夥伴一起收集藻類販賣，賺了不少零用錢。

「晏笙哥哥，我們這次找到很好吃的水蜜藻！」陶波拉的妹妹「陶樂絲」笑容歡快地說道。

「水蜜藻真的很好吃！」陶波拉的弟弟「陶斯諾」也連連點頭附和。

「水蜜藻只有這個時節才有，而且只會生長一個月，其他時間都沒有呢！」陶樂絲提高了說話的音量，眼睛瞪得大大的，似乎這樣才能表現出她的認真。

「謝謝，辛苦你們了。」晏笙從空間裡拿出一包小點心分給他們。

「謝謝哥哥。」陶樂絲接過點心，開心地跟兩位哥哥分享。

陶波拉將小舟停靠在樹屋邊，將小舟上的物品全都搬到樹屋的平台上。

「這個就是水蜜藻。」他從籮筐中拿出幾顆雞蛋大小的水藍色果實遞給晏笙，「水蜜藻吃起來甜甜脆脆的，可以直接生吃，也可以熬成果醬，還可以做成菜，我們這裡的孩子都很喜歡……」

晏笙接過水蜜藻，隨手分給阿奇納和三隻小崽子。

水蜜藻是一種球形的藻類，外表看起來像果實，吃起來也跟水果類似，口感鮮脆，味道是甜中帶著微微的酸，酸中還透著近似薄荷的提神香氣，多重的味道讓人忍不住一口接著一口吃著。

「這個是水蜜藻做成的果醬。」陶波拉開了一瓶果醬，放上湯匙遞給晏笙。

「果醬是我們請瑪莎奶奶熬的，她做的果醬最好吃了！」陶樂絲補充說道。

果醬的滋味很好，比生吃水蜜藻還要再甘甜一些，卻不會讓人覺得膩味，因為是剁碎煮過的果醬，口感偏軟，三隻小崽子都很喜歡。

晏笙以略高於市價的價格買下了水蜜藻和果醬，並跟陶波拉定下大量供貨的合約，希望他們能夠多找一些人，在水蜜藻短暫的盛產期間大量開採。

陶波拉三兄妹自然是開心地同意了。

「大寶、二寶、小寶，這個給你們。」陶樂絲隨手拔了水岸邊的草，編出三個小球給小崽子們玩。

這裡的孩子都有一手相當好的草編手藝，編小玩具、編籮筐、草帽、草蓆、門簾等等，全都難不了他們。

送走了陶波拉等人後，晏笙將一半的水蜜藻和果醬放上商城販售，餘下的一半就留給自家人吃。

小崽子們很喜歡水蜜藻果醬，每餐的輔食都要摻上一些，連零嘴也是水蜜藻果醬，晏笙本以為留下的水蜜藻至少可以讓小崽子們吃上兩星期，結果三天不到就吃完了。

「你們啊……就算是喜歡的食物，吃的時候也要控制分量啊！」

晏笙戳了戳吃撐了躺平在桌上的小崽子們，他們的肚皮吃得圓滾滾，儼然有一半的身軀大。

多虧他們的好食欲，才誕生一個多月，小崽子們的體型就已經漲大一圈，身長也變成十五公分了。

「嘰！」

「啾啾……」

「嘰一嘰一。」

三隻小崽子艱難地撐起圓滾的肚皮，蹭著晏笙的手指撒嬌。

要不是晏笙經過鑑定，確定這水蜜藻營養豐富，又具有微弱、溫和的能量，很適合幼崽們食用，他早就想辦法限制他們的食用數量了。

「世界上好吃的東西還有很多，就算水蜜藻吃完了，還有其他好吃的啊，這麼著急做什麼？」

晏笙繼續戳著他們的小肚皮數落。

大寶眼睛一亮，很是興奮地撲振翅膀。

「嘰？」還有其他好吃噠？

二寶也掙扎著抬起頭，「嘰啾嘰啾！」要吃要吃！

小寶用小翅膀拍了拍圓肚皮，「嘰──。」吃！

「吃？肚子都漲成這樣了還吃？」晏笙又戳了戳他們的小圓肚，「小心吃太胖飛不起來！」

隨著小崽子們長大，獲得了部分傳承知識，晏笙已經知道他們不是雞崽子，是一種強大的飛禽種族。

在聖薩曦族所處的星域，令人生畏的蟲族還是他們的食譜之一！

「別給他們吃了，他們再胖下去都胖成小胖鳥了，剩下的水蜜藻都給我吃！」阿奇納趁機打劫。

「嘰嘰啾啾！」

「嘰啾啾啾嘰……」

小崽子們撲向阿奇納，嘰嘰喳喳地抗議。

他們才不胖呢！小崽子本來就要吃吃吃，才會長得快、長得強壯！

阿奇納大笑著跟他們玩了起來，將崽子們一隻又一隻地往外扔，崽子們被扔遠了以後，還會嘰嘰喳喳地笑著飛回來，讓阿奇納繼續扔，像在玩一種另類的拋接遊戲。

一開始晏笙還會為了小崽子們的安全擔心，怕阿奇納一個漏接或是崽子們沒能及時飛起，「啪噠！」地撞上粗壯的樹幹摔成肉餅，不過聽阿奇納說他們族裡的崽子都是這麼玩的以後，他想，或許強大的外星種族都是這麼養育幼崽的，也就放任他們去玩了。

——眼睜睜看著晏笙被誤導的觀眾們……我們不是，我們沒有，我們還是很愛護崽子的！我們才不會亂丟崽子！

第七章

安葛落的黑瀝區

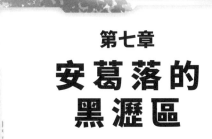

歡樂的時光總是過得特別快，一轉眼，就到了三隻小崽子準備入學的時間了。

晏笙想著小崽子們要是不出意外，將會在護幼院待到幼兒期結束，等到他們進入少年期後，就會被安排來次元星域這裡進行實戰訓練。

晏笙已經從小崽子口中了解到，他們的幼兒期是七年到十年，這個時間差異主要看他們攝取的能量夠不夠豐沛，要是能量攝取充足，他們還有可能提前進化。

考量到保姆機器人照顧崽子的時間頗長，崽子跟機器人相處久了或許會萌生出感情，晏笙決定購買三具品質好的保姆機器人，而不是繼續租賃。

為此，他特地求助了當初前來與他洽談的中年教師「福鉑特」。

晏笙也是事後才知道，原來對方是護幼院總部掌管所有護幼院分院人事的大主管，地位僅次於部長和副部長。

「保姆機器人的售價從兩百萬星幣到一千萬不等，主要是要看你有沒有特殊需求，像是兼具管家功能或是高端的保鏢功能，配備的武器也有差異……」

保姆機器人主要是照看孩子的，雖然也具有基本的保護功能，但是肯定比不上專業的保鏢機器人。

晏笙看著福鉑特傳來的保姆機器人採購網頁，對著上面高達上萬種的商品苦笑。

「您有沒有推薦的品牌或是商家呢？」晏笙希望能夠得到福鉑特的協助，迅速篩選出需要的機器人。

「我傳幾個廠商名單給你吧！」福鉑特聽出晏笙的苦惱，溫和地笑了，「這幾間廠商的機器人品質都很不錯，還接受客製化的訂製，但是他們的價格並不便宜。」他特別提醒道。

「星幣不是問題！」晏笙豪氣地回道。

他在萬宇商城販賣的商品大多數都銷售出去了，只剩下少部分乏人問津，再加上他的產品價廉物美，吸引了不少回頭客，讓晏笙的荷包賺得滿滿。

接收了福鉑特傳來的推薦商家和機器人型號名單後，晏笙和阿奇納湊在一起討論。

考慮到小崽子們會飛又愛玩水，他們選出幾款海陸空三用型的機型，又讓小崽子們選擇他們喜歡的外觀樣式。

保姆機器人的外觀顏色是可以更改塗裝和部分造型的，只需要加上一點點星幣即可。

為了讓崽子們能夠在入學前獲得機器人，晏笙還付了一筆加急費用，下單付款的隔天就能收到機器人。

因為晏笙還沒取得百嵐的公民證，無法離開次元星域，只有阿奇納陪著三隻小幼崽前往護幼院。

「到了那邊要跟其他小朋友好好相處，如果有人欺負你們，你們也不要害怕，去跟教師說或者是跟我說……」

看著淚眼汪汪的三隻小幼崽，晏笙忍不住將已經說過的事情一再重複。

「你們喜歡的食物和玩具都放在空間手環裡面了，要是食物吃完了記得跟我說，想我的時候就用通訊號聯繫……」

幼崽們已經取得百嵐的公民證和學習系統，可以使用輔佐系統進行聯繫。

「上學要好好學習，很快就放假了，到時候你們又可以回來找我玩了……」

小幼崽這般年紀的幼兒上學時間並不長，學習一個月，放假兩個星期，這是為了避免幼崽因為離家太久會產生不安所作的安排。

「我送他們過去，很快就回來。」阿奇納對晏笙說道。

三個崽子也飛到晏笙的肩膀上，挨個蹭蹭他的臉頰。

大寶：「啾啾啾嘰！」乖乖的，我們很快就回來。

二寶：「啾啾嘰嘰……」不要難過，等我們回來陪你玩。

小寶：「嘰一嘰一。」蹭蹭你。

晏笙感受著崽子們身上的溫暖，也跟著摸摸他們的小腦袋。

他其實想說他並不難過，不過是分開一個月罷了，又不是永遠都見不到面，可是當崽子們貼上他的臉頰時，他竟是有些鼻酸。

目送阿奇納和幼崽們走進傳送陣後，晏笙在原地呆站了一會兒，突然覺得四周安靜得可怕。

才剛分別，他卻已經開始想念他們的吵鬧聲。

搖搖頭，他試圖甩開自胸口蔓延開來的空虛感，轉身走出服務中心後，他找了一個類似咖啡館的地方坐著等待。

阿奇納的返回比晏笙預想得快，他一杯飲料都還沒喝完，人就回來了。

「你不是陪著大寶他們入學嗎？怎麼這麼快就回來了？」晏笙難以置信地問。

「把崽子送過去就可以走了啊！」

「送過去就走了？你不用參觀護幼院的環境嗎？不用了解師資嗎？不用了解幼崽們的課程表嗎？不用看看幼崽們居住的房間嗎？不用替幼崽們領入學的用品

嗎？不用替幼崽們布置房間嗎？」

晏笙一連串的發問只換來阿奇納茫然的表情。

「……那些事情都有保姆機器人做啊！」阿奇納回得理直氣壯，「帶了保姆機器人不就是要替崽子做事的嗎？」

「可、可你至少陪陪孩子啊！他們第一天到陌生的地方肯定會不安啊！你應該陪著他們……」

「是他們叫我走的……」阿奇納委屈地回嘴，「他們讓我快點回來陪你，他們擔心你會孤單，崽子們對你可好了。」

「……」

原本只是覺得有些寂寞的晏笙，在聽到阿奇納轉述的話後，瞬間紅了眼眶。

「欸！你別哭啊！」見到晏笙快要哭出來的模樣，阿奇納頓時慌了手腳，「你要是擔心他們可以打通訊啊！我現在就打通訊給他們？」

阿奇納連忙撥出通訊號聯繫大寶，還特地將光屏拉大一些，讓晏笙可以瞧得更加仔細。

「啾？」

三隻小崽子很快就出現在通訊螢幕前，也看見了晏笙眼眶泛淚的模樣。

大寶：「啾啾啾？啾啾啾！」小爸哭了？是誰欺負了小爸？
二寶：「啾啾嘰嘰嘰！」把人找出來！揍他！
小寶：「嘰一！」打死！
三隻小幼崽激動得都炸毛了，身體膨脹了一圈，像是三顆絨毛團。
晏笙尷尬地轉開臉抹淚，因為跟小幼崽分開而難過，這麼丟臉的事情他可說不出口！
「你們小爸是因為你們走了，他覺得很孤單，才難過得哭了……」見到晏笙恢復正常，阿奇納大咧咧地拆穿了他。
「阿奇納！」晏笙羞惱又氣憤地瞪向阿奇納，後者朝他咧嘴笑笑。
「想崽子就想崽子，這有什麼不好意思的？」
聽明白緣由後，三隻小幼崽很暖心地安慰起晏笙。
大寶：「啾？啾啾啾啾啾吱啾嘰……」
小爸別難過，我們很快就會回去的呀！摸摸頭，我放假會回去陪你玩噠！
二寶：「啾啾嘰吱吱嘰嘰……」
小爸不哭，等我們變厲害了，就可以保護你了！
小寶：「嘰一嘰一嘰嘰一！」

小爸乖乖，我會每天打通訊給你的，親親！

被三隻小崽子一番安撫後，晏笙的那一點小情緒也消除了。

結束通訊，兩人開始了今天的行程。

他們直接從百嵐城傳送到「安葛落」，那裡被譽為「石頭的故鄉」，盛產各種神奇的礦石。

晏笙的客戶大巨岩再度留言給他，指名要安葛落的某幾種礦石，所以他才想要專程跑一趟安葛落，在進貨之餘，還想找找看有沒有其他礦石或是當地名產可以採購。

從空中俯瞰安葛落會發現，這是一個色彩繽紛的地方。

這個「色彩繽紛」並不是指他們的建築物或是這裡的植物眾多，而是指這片大地的顏色。

由於擁有各種奇特的礦脈，這裡的土壤顏色並不是單純常見的褐色、紅色、黃土色或是肥沃的深色。

礦物的成分導致這裡的大地就像是用絢麗的彩虹鋪成，紅橙黃綠藍靛紫都有，而且還可以進一步以色澤深淺和土質的混合細分成更加繁複的色彩，儼然就是一份大自然版本的調色表。

或許是因為顏色太過繽紛，安葛落人的衣著打扮傾向白色這樣的無色彩，放眼望去，穿著一身雪白袍子的肯定是安葛落人。

至於為什麼會選擇白色而不是黑色？

這是因為這裡的氣候乾燥又炎熱，散熱的白色比吸熱的黑色更加適合穿著。

雖然不時有大風吹拂，可是因為這裡的植物稀少，又有三面的陸地靠海，迎面而來的都是挾裹著風沙和海水鹹腥氣的熱風浪，完全不會覺得涼爽舒適，反而讓人渾身黏膩難受，恨不得衝進浴室洗刷一番。

晏笙他們很幸運，此時的安葛落正值雨季，白天的平均氣溫是二十五度，夜裡偏冷，平均氣溫只有三、四度。

如果他們是在高熱的夏天來到這裡，白日的平均氣溫高達四十度，出門一趟還要擔心中暑和曬傷。

安葛落的雨季並不是連綿不絕的整日下雨，而是忽而下雨、忽而陰天颳大風、忽而放晴，有時候一天可能會下上好幾場的雨，氣候相當多變。

這樣的雨季會持續四十五天到五十天，而有些特殊的安葛落特產也只有在這個時節才能找到。

「你們真是幸運！」當地的導遊兼礦石仲介商朝他們豎起大拇指，「今年的雨季很有可能出現大量的雨時花，你們來對了！」

導遊的名字叫做「黑瀝鐘石」，黑瀝是姓氏，也是這個區域的名稱。

這裡的人會用出生地區當作姓氏，住在黑瀝區的就是姓黑瀝，住在紅壤地區的就姓紅壤，住在綠岩地帶的就姓綠岩……

只要報出姓名，其他人就知道你是哪裡人，相當簡潔明瞭。

晏笙和阿奇納之所以來到黑瀝區，是因為客戶大巨岩點名要的礦石大多出產於這裡。

或許是因為晏笙採購的數量多，採買的礦石單價又是偏高的，黑瀝鐘石很貼心地贈送了雨時花的消息，作為給大客戶的贈禮。

「安葛落的規矩，雨時花要自己摘採，不能夠交易買賣，我只能跟你們說哪幾個地方比較有可能出現雨時花，你們要自己找、自己採……」黑瀝鐘石說出這裡的不成文規定。

雨時花在當地又名「神明的眷顧」，是一種只有在雨季才會從石頭裡開出的特殊花卉。

在安葛落當地，他們認為能夠在雨季中找到雨時花，是運氣極好的、受到上天眷顧的幸運兒，他們認為，在雨季中找到越多的雨時花，就可以獲得很大的好運。

也因為是「神明賜予的花」，自然就不允許被用來買賣交易。

「整個安葛落都有雨時花的產區，但是因為各地區的礦質不同，產出的雨時花也不一樣，最基本的就是品質差異了。黑瀝區的雨時花品質，在安葛落所有區域可以名列前三！」黑瀝鐘石相當自豪地說道。

「雨時花的生長區有特殊磁場，飛行器和路行車都不能靠近，只能徒步進去，不過我們這裡有幾種陸地坐騎出租，牠們可以幫忙馱運行李……」

黑瀝鐘石點開通訊器的光屏，展示著幾種陸地坐騎的介紹和價格。

「因為很多人都會去找雨時花，現在是坐騎的租賃高峰期，價格比平常的高，數量也不多，最好是趁著雨季還沒開始早點下訂……」黑瀝鐘石提醒道：「雨季大概明、後天就要來臨了。」

「你有沒有推薦的坐騎？」晏笙問道。

「這個……」黑瀝鐘石略顯遲疑地停頓幾秒，暗中觀察著兩人的神色。

他並不是沒有推薦的物件，他只是在想著，應該如何表現出熱情和友善，但是又不會讓客人認為他是在推銷牟利。

畢竟他又不是專門的坐騎仲介，推銷坐騎對他來說並不是生意，賺不了錢。

要不是晏笙和阿奇納的態度相當禮貌，他才不會多說這些。

「你們有價格上的限制嗎？」黑瀝鐘石詢問道。

「沒有。」

「坐騎要強壯一點的，不要拖後腿。」阿奇納補充道。

黑瀝鐘石點點頭，表明已經了解他們的訴求。

「攀岩跳羊的敏捷度高、速度快，可以攀爬岩壁，但是負重不高，能背負的重量是一百五十公斤；穿岩角牛耐力高、負重大，可以承載四百公斤；鱗甲象獸體積大，負重是坐騎中最大的，可以搬運一千公斤的重量，缺點是速度慢、體型太過龐大，狹窄的洞窟進不去……」

說完推薦的幾種坐騎後，黑瀝鐘石又道：「如果你們有空間儲物物品，我會建議你們租賃兩隻攀岩跳羊。牠的彈跳力強大，就算載著人也能夠跳二、三十公尺遠，還能夠攀爬陡峭的山壁，行動相當靈活，而且牠的體能很好，只要讓牠吃飽，像你們這樣的體型，牠可以載著你們行走八小時以上……」

既然黑瀝鐘石這麼推薦攀岩跳羊，晏笙他們當然是選擇租賃牠了。

黑瀝鐘石給了他們一個坐騎租賃網頁，並推薦了幾位信譽良好、坐騎培養得相當出色的馴獸師。

晏笙和阿奇納商議過後，在其中一個距離雨時花產地最近的坐騎店下單。

「雨時花會在雨中誕生，也會在太陽出來時消失，要是摘下了雨時花，一定要把它放到水裡面存放……」

黑瀝鐘石提醒著摘採雨時花的要點。

別看雨季很長，雨時花的開花要件之一是要有充足的水分和濕度，如果雨下得斷斷續續，很可能達不到它生長的條件，再加上雨時花只要被陽光照射到就會立刻枯萎蒸發，這就造成了雨時花的產量其實並不多。

「上一個雨季的降雨時間太短，雨時花的產量減少一半。我摘到二十三朵，是黑瀝區摘到最多的人！」黑瀝鐘石頗為自豪地挺起胸膛。

聽著摘採的數量再看看導遊的表情，晏笙默默決定，等到他摘到雨時花後，肯定要將這段簡介放上，然後將價格調到最高！

奔波一整個雨季才摘到二十三朵，這是多麼勞心勞力的事情啊！不賣貴一點還真是虧待自己。

在黑瀝鐘石的介紹中，晏笙和阿奇納買了摘採工具以及路途中會用到的各種物品，在經過一天的充足休息後，他們搭乘飛船來到預定的坐騎出租店。

晏笙他們只打算租賃二十天，沒打算整個雨季都耗在這裡，摘採雨時花只是想體驗當地人的生活，沒有將它當成一門生意的打算。

「我這裡的坐騎都是好坐騎，你們自己挑吧！」老店長笑呵呵地領著他們來到飼養坐騎的地方。

攀岩跳羊的外型跟山羊差不多，但是體型卻比馬匹還大。

山羊頭上的兩隻羊角朝後彎曲，通體雪白，那羊毛堪比綿羊，蓬鬆又濃密，但是攀岩跳羊的毛並不柔軟，而是偏硬的質感，摸上去有些刺刺的。

晏笙用鑑定之眼查看，老店長並沒有說謊，這裡的攀岩跳羊確實全都健康又強壯，他隨意挑了其中體型較大的兩頭，並將租賃費用轉帳給老店長。

「等等啊，我給你們裝上坐具。」

老店長動作俐落地拿來兩個像是馬鞍的東西，將它綁在攀岩跳羊身上。

這個看似馬鞍的坐具還配著裝東西的口袋，整體看來很像是沙漠駱駝會有的裝備。

「這兩條是控制的轡繩，這裡的口袋可以放東西，這兩個小袋子是裝牠們的零嘴的，差不多一、兩個小時餵上幾顆就行了，要是零嘴餵完了，你們就給牠們吃點糖果，牠們愛吃甜的，要是牠們表現得好，也可以多餵一點，給牠們獎勵。」

老店長將放著零嘴的兩個小袋子交給晏笙，摸著攀岩跳羊的腦袋說道——

「牠們的主要食物是岩石和躲在岩石層裡頭的小蟲子，你們只需要間隔七、八個小時停下來休息，鬆開韁繩，牠們就會自己去找吃的……」

從老店長的叨叨絮絮中，不難看出他跟坐騎的感情相當好，推己及人，晏笙和阿奇納自然也願意好好對待攀岩跳羊。

「這個，牠們吃嗎？」晏笙拿出神樹島特產的樹果糖。

因為大寶他們喜歡吃，晏笙向擅長製作果醬的瑪莎奶奶買了不少，現在空間裡還有幾十罐存貨呢！

「呦！樹果糖，這可是好東西啊！」老店長拿了一顆放進嘴裡品嚐，「嗯，是上等品質的好貨，這東西沒有門路可買不到，餵給牠們可惜了……」

老店長想將剩下的樹果糖接過手，卻被攀岩跳羊搶先一步吃掉了。

「臭崽子！」老店長氣得擼了攀岩跳羊的腦袋一把，「不過就幾顆糖，我平常餵你們的還少嗎？白養你們了！」

「咩……」攀岩跳羊朝他咧開嘴唇，露出一口大白牙。

「還笑？」老店長很想把牠們腦袋上的毛拔光！

晏笙笑著送了兩罐樹果糖給老店長，樂得他給晏笙他們換了兩副品質更好、乘坐時更加舒適的坐具。

目送晏笙和阿奇納離開後，老店長瞇了瞇眼睛，打了個通訊號給黑瀝鐘石。

「阿石啊，你介紹來的兩個孩子走了。」

「走了就走了，你打給我幹嘛？」黑瀝鐘石不以為然地回道。

「他們走的那個方向是你指點的？中上區域啊……嘖嘖，你什麼時候變得這麼好心了？」

老店長口中說的「中上區域」，是以雨時花的品質和產量判斷的。

當地人對地形熟悉，都清楚哪個區域出產的雨時花是上等的，哪個區域是下等品，哪個區域生長出雨時花的機率大，哪個區域沒什麼產出。

一般而言，他們這些本地人只會介紹外地人去下等區和中等區，很少會將更好的區域告訴他們。

雨時花是神賜給安葛落的寶物，他們願意讓外地人來摘採就已經很大方了，怎麼可能讓這些外來者得到更多好處？

別以為雨時花不能用來買賣交易，就認為它沒有價值，相反地，雨時花在安葛落的傳統中占據了相當重要的地位！

孩子要出門遠行時，家人會贈送雨時花給孩子，象徵家鄉故土會永遠陪伴和守護；朋友之間會互贈雨時花，祝福彼此好運；情侶互贈的雨時花，象徵珍惜對方、期望愛情長存；沒有對象的單身男女會找尋雨時花送給戀慕的人，作為告白和定情的禮物……

這些可是他們祖先流傳下來的美好傳統！

「那兩個小傢伙挺不錯的，對人有禮貌，人也大方，我就喜歡這樣的孩子……」

黑瀝鐘石毫不掩飾自己的偏心。

晏笙搜光他店裡的大半庫存後，還跟他簽訂了長期供貨的訂單，給出的價格又好，跟晏笙的合作足夠讓黑瀝鐘石的身家資產上翻一、兩倍，他給些回報又有什麼不好？

只是這種事情可不能明說，大家心照不宣就行了。

不知道自己得了好處的晏笙和阿奇納，正坐在攀岩跳羊上，對照著黑瀝鐘石給他們的「私人版地圖」，確定他們的前進方向。

黑瀝告訴他們，今天或是明天就會進入雨季，他們可以先走到其中一處雨時花的生長地，搭好帳篷，等著下雨開花。

「這個地方吧！」阿奇納計算行程後，指著一個靠近中心處的地點，「這裡有好幾個雨時花的生長地，要是這個點等不到花，我們還可以去周圍找找。」

「好。」

兩人都是乾脆的人，選定目標後，立刻驅使坐騎朝目的地前進。

黑瀝區的土壤是黑色，看起來像是火山熔岩燒灼過大地後冷卻下來的模樣，然而土壤的軟硬度卻差異很大，看上去像是硬質的岩面，一部分如同金屬般堅硬，攀岩跳羊的蹄子踩上去都能發出金屬敲擊的聲響，一部分卻是脆弱得如同沙礫，一踩上就崩塌，外行人根本分辨不出這些黑色岩土的差別，但是攀岩跳羊可以。

晏笙和阿奇納發現這一點後，也就不再一直盯著地面，轉而參觀起這裡的風景。

即使黑瀝區的土壤都是黑色，但是這黑色也有深淺的不同，再加上這裡的土質也有差異，遠遠望去就像是……

「像是好幾塊巧克力蛋糕疊成一大堆的模樣。」阿奇納嚥了嚥口水，突然很想吃蛋糕。

晏笙看著眼前的場景，再想了想巧克力蛋糕堆疊的樣子，覺得阿奇納形容得還真是挺形象的。

獲得晏笙的認同後，阿奇納更加得意了。

「上面的雲就是蛋糕上的奶油！」他指著天空的朵朵白雲說道。這裡的雲層壓得極低，就像是觸手可及，遠處的「巧克力山」頂端正好裹著一團龐大而潔白的雲朵，倒是貼合了阿奇納的說法。

「這邊的石頭是硬的巧克力糖，那邊的是鬆軟的巧克力蛋糕，那裡的是半凝固的巧克力醬……」

說到最後，阿奇納的肚子傳出一陣「咕嚕」聲。

「我餓了，我想吃巧克力。」他摸著肚子，可憐巴巴地看著晏笙。

有鑑於阿奇納跟大寶他們都很愛吃甜食，而且經常把甜點當成正餐，晏笙擔心他們的牙齒和身體健康，便強制規定他們每天的零食分量。

阿奇納經常陽奉陰違，自己偷偷跑去買糖果點心吃，只是他買的那些零嘴都沒有晏笙從萬宇商城買的好吃。

現在阿奇納想吃巧克力，自然不是想要得到晏笙的同意，而是希望晏笙能夠從萬宇商城買好吃的巧克力給他。

晏笙看出他的心思，想著阿奇納這兩天陪著他東奔西跑，還幫忙搬了不少重物，確實很辛苦，便決定買幾種萬宇商城中頗受好評的巧克力給他。

收到幾大包巧克力的阿奇納，樂得眉開眼笑。

他將大部分的巧克力收入空間，撕開一包巧克力糖球，一口接著一口地吃了起來。

「咔、咔！這個真好吃！外面脆脆的，裡面是涼涼軟軟的！放了冰淇淋嗎？」阿奇納一邊吃、一邊驚喜地分析。

巧克力糖球就是一口的大小，外殼薄脆，內餡柔軟，口感像果凍。內餡並不是巧克力，而是一種跟香草冰淇淋相似的味道，香甜醇濃，跟巧克力的味道很搭配。

這種軟硬兼具的雙重口感和雙重滋味，讓阿奇納吃得欲罷不能，一下子就把重達五公斤，足足有幾百顆的巧克力糖吃光了。

「……阿奇納。」

眼看著阿奇納又拿出另一種巧克力，晏笙皺著眉頭，隱晦地制止。

「我還沒吃飽……」阿奇納停下了撕開包裝的動作，可憐巴巴地看著晏笙。

「等一下就可以吃正餐了。」晏笙絲毫不心軟，一臉「你要是不收起來，我就幫你收了」的模樣。

吃人嘴軟，阿奇納撇了撇嘴，心不甘、情不願地將巧克力收起來。

因為不高興，接下來的路程，阿奇納始終抿著嘴，不肯開口跟晏笙說話。晏笙也不管他，任由他生悶氣。

他也不是硬要約束阿奇納，他只是站在朋友立場說上幾句，如果阿奇納不肯聽、不高興、不願意理會，那他以後也不會再提。

畢竟人都是自由而獨立的，他覺得對阿奇納好的，阿奇納並不一定認為好。

他認為糖果吃多了對身體不好，可是阿奇納是體質強悍的外星種族，說不定他們這一族在飲食上根本沒有禁忌呢？

阿奇納以前可是提過，他們的牙口相當強韌，連骨頭也可以直接啃著吃。

兩人就這麼安靜地前進，氣氛沉悶。

阿奇納是故意不開口，而晏笙則是不斷對著周圍的礦岩鑑定掃描，想要在這片廣闊的土地上「尋寶」。

安葛落是石料和礦物的產地，底下的土壤都有可能藏有珍貴的礦物。

阿奇納本就是孩子心性，自己憋了一段時間後，又忍不住主動找晏笙說話了。

「你在做什麼？為什麼不理我？」阿奇納有些委屈地埋怨，見到他不高興了，晏笙不是應該像哄大寶他們一樣，用好吃的糖果哄哄他嗎？

「不是你不理我嗎？」晏笙專心地掃視礦層，頭也不抬地回道。

「我、我……」阿奇納一時語塞，「那是因為你、你……」你不讓我吃糖，我生氣了嘛！

後面的原因他不好意思說出口。

「因為我限制你吃糖你不高興？」晏笙說出他沒能說出的理由。

「嗯……」阿奇納抿了抿嘴，突然覺得自己有些無理取鬧。

說到底，這起事件中，晏笙本來就沒有錯。

晏笙想了想，決定還是跟阿奇納開誠布公地談談。

「你也知道，我並不是百嵐的人，我們那裡的人，體質差、容易受傷生病、平均壽命在八十左右，能活到一百歲就算是很長壽了。」他望著阿奇納，神情認真地說道：「在我的家鄉，過量的飲食，尤其是正餐以外的零食，都是不被認可的，因為零食吃多了對身體不好，我們那裡有很多疾病都是因為糖類和油脂攝取過多產生的……我也知道我這麼約束你，你會不高興，畢竟沒有人會希望被別人干涉。」

「我、我也不是，我沒有不高興……」阿奇納結結巴巴地否認，「只有一點點不舒服而已。」

「我不了解你的種族，也許你們可以隨便吃，不管吃什麼身體都不會受到影響，如果是這樣，你可以跟我說，我會改正我的觀念，更新對於塔圖人的認知，以後也不會在吃食上面嘮叨你……朋友之間的相處，不就是要這樣不斷磨合的嗎？」

晏笙彎著眉眼，淺淺一笑。

阿奇納被他的笑容感染，心上的彆扭和糾結也跟著消失了。

他點頭應了一聲，「我們塔圖的身體很強悍，吃食上沒有禁忌，像我這樣還沒成年、還在成長期的，平常要攝取大量的食物，食物裡頭的營養和能量越高越好，這樣我們也會發育得越來越好。」

「我懂了，以後我會留意高能量的食物給你。」晏笙點點頭，並順手從萬宇商城買了一根高能量的營養棒。

「這個合適嗎？」他拉動韁繩，靠近阿奇納，將營養棒遞給他。

阿奇納兩、三口吃光了營養棒，表情變得很是扭曲糾結。

「它的能量很多，但是不好吃，有點像是在吃沙子、糖和油脂混成的東西。」

如果不是看在營養棒的高能量上，阿奇納真想吐出來。

「那下次我買別種。」晏笙看了一下高能量食物頁面，「商城的高能量食物有十幾萬種，以後每次吃飯我都買幾種給你嚐嚐。」

「謝啦！」阿奇納笑著道謝，「要多少星幣跟我說。」

如果只是讓晏笙請客一、兩次，阿奇納還可以接受，要是長期供應的話，星幣就該由他出才對。

「不用，你多幫我找一些能賣的商品就行了。」

「好。」阿奇納爽快地答應。

不管是出錢或是出力，只要小夥伴沒有吃虧就行了。

「阿奇納，如果我把這裡的土拿去賣，你覺得這樣好嗎？」晏笙猶豫著問道。

「土也能賣嗎？」阿奇納頗為驚訝，在他看來，這些土壤並沒有什麼價值。

「可以賣啊！」晏笙回得乾脆，在他的家鄉，商人連空氣也能拿來販售，更何況是土壤？

「難道這裡的土質比較特別？有什麼奇特的元素或是能量？」阿奇納好奇地追問。

「呃……這就是一般土質，能量和元素含量一般，不過它可以用來蓋房子跟燒製陶器和瓷器。」

「那不就是很普通的土嗎？會有人買？」

「可是它可以蓋房子又可以做東西，用途廣泛……」晏笙強調道：「在我的家鄉，建築用的土和燒陶、燒瓷器的土是不一樣的。」所以他才會覺得這個全都能包辦的土壤很不錯，具有商業價值。

「可是它沒什麼能量，也沒有稀有元素，就是很普通的土啊？」阿奇納還是不明白。

晏笙突然發現，他的價值觀跟外星人似乎相差很大。

「所以說，這個土壤在你看來，是很常見，到處都有的東西？你們的土壤都可以拿來蓋房子、燒陶器跟瓷器？」他確認地詢問。

「欸？我不知道，我沒注意過這個……」

阿奇納撓撓頭，他以前都只在意訓練和玩耍，才不會去管土可以用來做什麼呢！

「要不，賣一些看看？」阿奇納提議道。

他向來是「搞不清楚情況，那就親自嘗試看看」的行動派。

「但是要是真的賣出去了，客戶加大訂單，要我們供應幾噸、十幾噸，甚至是上百萬噸呢？」晏笙說出他猶豫的原因，「這些土壤雖然可以說是無主的，但它畢竟是安葛落的土壤，如果只是拿一點點還行，要是分量太多，我們這樣算不算侵犯到安葛落人的利益呢？」

取用一點點去種花種草，跟挖掉一座大山絕對是不同的概念。

「如果有這樣的訂單，到時候再來找安葛落人談就行了啊！」阿奇納並不能明白晏笙的糾結，在他看來，這就是很簡單的選擇題。

賣或是不賣，兩種選擇而已。

「或許是我想太多了……」晏笙揉揉眉心，無奈地苦笑，「在我的家鄉，因為開採資源過度而造成環境失衡的情況並不少見，尤其土壤、礦石這類不能再生的資源，消耗了就沒了……」

美麗的山峰變成沙塵瀰漫的黃土丘，翠綠的森林變成光禿禿的泥土地……

針對晏笙提出的問題，直播間也分成好幾派在爭論。

一部分人認為，反正安葛落人自己也在販賣礦石，晏笙可以協助安葛落人將這些資源賣出，讓他們過上更好、更富裕的生活；一部分人認為，安葛落人現在的生活雖然窮了點，但是三餐都能溫飽，也不至於活不下去，還是不要破壞家鄉，免得以後連礦石都沒得賣；另一部分人認為，販賣可以，但是需要進行經濟控管，而且安葛落人還可以購買高科技機器或是學習合適的技術，開創其他副業；還有一部分人認為，賣不賣應該由安葛落人決定，畢竟那裡是他們的家鄉……

各種評論讓阿奇納看得眼花，發現從彈幕上得不到答案，阿奇納苦惱地撓撓頭。

「要是你覺得很猶豫，而且你認為它會有不好的影響，那就別賣吧！省得以後後悔。」腦袋一根筋的阿奇納，很直白地說道：「而且你也不是很缺這個商品啊，你還有其他商品可以賣。」

「……」晏笙沉默了幾秒，「也對。」所以他剛才是在糾結什麼？意識到自己鑽了牛角尖，晏笙很快就將這個困擾拋開。

不過他的糾結也不是全然無用，至少觀看直播的觀眾對他的認識又更深一層。

大多數人對於他能夠設身處地為別人著想，而不是只顧著自身利益這一點很是讚賞；也有少數人認為他太過優柔寡斷、不知靈活變通，缺乏一名優良商人的精明；還有一部分人認為他傻，有賺錢的機會竟然放棄？這可是無本生意！要是真的能賺錢，其中的利潤可是相當多的！

不過不管是哪種想法，觀眾們都認為晏笙是個可以交往的好人（傻瓜）。

第八章

神奇的雨時花

黑瀝區的植物並不多，遠遠地才能看到一、兩棵樹或是幾叢如同荊棘一般的植物，這裡的植物沒什麼葉子，大多是枝幹光禿、樹枝布滿尖刺的型態，那些尖刺全都是葉片退化而來。

阿奇納本來還興致勃勃地瀏覽風景，可是當他們走了大半天，看見的都是相同的黑土壤、黑岩石、黑山坡後，他很快就失去了興趣。

「這裡真無聊。」阿奇納大大地吐了口氣，又扯了扯衣領，「好悶，希望能快點下雨……」

下雨之前，天氣總是顯得相當悶熱，再加上安葛落本就是一個高溫地區，黑土地裡冒著熱氣，即使有海風吹拂，卻也只是增加空氣中的濕度，讓人覺得悶熱又潮濕。

「地面起霧了，應該快下雨了。」晏笙指著黑土地和周圍的黑岩層說道。

黑瀝鐘石跟他們說過，當空氣中的濕度到達快要降雨的濃郁程度，地裡也會冒出水霧，當水霧上升到接近膝蓋的高度時，雨季就到來了。

所以當黑瀝區下雨時，天空落著綿延不絕的雨幕，地面是白茫茫的霧氣蒸騰，而雨時花最有可能的產出地點，就在水霧最多、最濃郁的區域。

現在晏笙他們底下的水霧已經蔓延到腳踝的高度了。

晏笙對照著地形和地圖觀看一會兒後，指著一個離他們並不遠的地點。

「我們走到這裡就紮營休息吧！」

都走了大半天了，即使他們不累，坐騎也累了。

阿奇納自是欣然答應，在坐騎上坐了這麼久，他的屁股都要僵掉了。

晏笙指定的地點是一處連綿的巨石堆，這裡的石塊最小的也有三公尺長寬，最大的有十幾公尺，整個巨石堆綿延了兩、三公里遠，儼然像是一面高聳又厚實的城牆。

這些巨石有一面較為垂直陡峭、一面較為平緩，他們在陡峭的石壁底下紮營，將陡峭的石壁當成阻擋風沙的屏障。

將攀岩跳羊放了，讓牠們去進食，不過攀岩跳羊卻是聚集在晏笙身旁，不斷朝他「咩咩」叫。

「想吃糖？」晏笙猜測地問。

「咩！」攀岩跳羊雙眼發亮地應聲。

晏笙拿出樹果糖，一隻羊分了兩顆，攀岩跳羊覺得不夠，吃完後還想繼續討要，卻被晏笙拒絕了。

「不行，你們今天已經吃很多了，都吃光一罐了。」

晏笙拿著已經空了的罐子在牠們眼前晃了晃，這一路上，兩隻羊可沒有少跟他討糖果吃。

「一天只能吃一罐。」晏笙豎起一根食指對牠們說道。

「咩……」

「別咩了，快去吃你們的草。」阿奇納攔在晏笙身前，強行驅趕兩隻羊。

攀岩跳羊走了以後，兩人快速清理空地，在營地撒上黑瀝鐘石推薦的驅蟲粉，確保休息時不會被蟲蛇騷擾。

驅蟲粉的效果不錯，撒在沙地上後，地裡出現細微響動，地表微微起伏，像是有許多小蟲子在底下鑽動，這樣的動靜過了一會兒就消失了，想必是那些蟲子已經離開。

阿奇納拿出一個拳頭大的膠囊帳篷，按下中央的啟動鍵，往外丟出。膠囊在半空中展開膨脹，擴展成一座半圓形的大帳篷，並穩穩地落在空地上。

這種高科技帳篷具有自動照明、自動轉換顏色、空氣清淨、自動除塵、夜間防禦等功能，內部空間約莫十坪，開門進入後，會見到一塊大空地，這裡是用來睡覺、吃飯、歇息和待客的地方，最裡側還有一扇門，門的另一端連著一個獨立的衛浴間。
不過晏笙還是另外買了一個小型移動廁所，放在帳篷外面。
儘管這個高科技帳篷的衛浴間已經能做到自動清潔的功能，可是他還是覺得在帳篷裡面上廁所會有一股異味，尤其衛浴間的門打開後就是他們睡覺和吃飯的地方，這就讓他更加不舒服了。
為此，他還規定阿奇納一定要到移動廁所去上廁所，不能在帳篷裡面解決，不然他就要跟他「分帳篷睡」，不跟他睡在一起。
阿奇納嘲笑他太過龜毛，說這是他的心理作用，但還是遵守了這項規定，因為身為嗅覺靈敏的塔圖人，他確實能夠聞到被處理過後的小異味。
晚上六點，黑瀝區的天空依舊相當明亮，就如同神樹島的下午四點左右的天色。
阿奇納升起兩堆篝火，一堆用來煮開水、一堆撒上驅蚊蟲的薰香藥粉。
他們的晚餐都是直接從萬宇商城購買的。
不是兩人不會煮飯，而是懶。
晏笙能做一些家常菜色，阿奇納擅長烤肉，只是兩個人都不想耗費時間動手。

萬宇商城的食物美味又營養，而且還是熱騰騰的剛出爐飯菜，為什麼要想不開自己煮？

晏笙將萬宇商城的購物頁面轉成了「公開」，讓阿奇納也可以看到。

兩人一邊點選著色香味俱全的餐點展示影片，一邊努力吞嚥著口水。

萬宇商城的系統很強大，他們的商品展示影片竟然是可以聞到食物香氣的！

「我想吃這個、這個，還有這個……」

阿奇納一連點了好幾道肉菜，晏笙吃得比較養生，兩素一葷。

繳費後，食物在三十秒內出現在晏笙的系統空間。

晏笙將菜餚一一擺放到餐墊上，緊接著就是一陣狼吞虎嚥、風捲殘雲。

兩人的吃相截然不同，阿奇納是大口吃肉、豪邁大氣，而晏笙因為過往的養生習慣，細嚼慢嚥地進食，吃相斯文，相當賞心悅目。

原本因為行程平淡而顯得乏味的直播間，因為兩人的「吃播」又掀起一股小高潮，不少人都採購了相似的食物來滿足食欲。

用餐後便到了「親子時間」，兩人開心地跟大寶、二寶和小寶三隻幼崽聊天，交換這一天的活動。

大寶：「嘰嘰啾啾啾……」大爸、小爸你們在哪裡啊？

「我們在黑瀝區找石頭。」

二寶歪了歪小腦袋，「啾啾啾？」找石頭做什麼？

晏笙解釋了一番，提到他們現在在找尋雨時花，又說了雨時花在當地的象徵意味。

「等我們找到雨時花，到時候一人一顆，大家都能得到好運氣喔！」晏笙笑道。

大寶：「啾！嘰嘰啾啾……」我要最大顆噠！啾！

二寶：「嘰嘰啾……」我要最最特別噠！啾啾！

小寶：「嘰一嘰一嘰一啾！」我要顏色很多而且小顆噠！嘰！

「為什麼要小顆的？」阿奇納不解地追問。

小寶：「啾一嘰一！」小顆的輕，戴起來不重。

大寶：「嘰啾啾啾！」笨！可以放在空間裡面啊！

二寶：「啾啾！」小寶笨！

小寶：「啾一嘰一！」那我要換成顏色多而且最大顆的！

晏笙笑著應允，不過阿奇納提出條件，跟他們約定要在學校好好學習，在階段考試中得到好成績才會送給他們。

小幼崽們每次放長假前都會有一次考試，這個考試被稱為「階段考試」，考試的過程會被錄影下來傳送給家長，主要是用來檢測崽子們的學習成果，以及向家長報告崽子們的學習情況，讓家長在放假時也能督促幼崽改進自身短版。

三隻小幼崽自是信心滿滿地答應了。

一家五口親親熱熱地聊了一個多小時，最後才依依不捨地結束通話。

洗漱過後，還沒有睡意的兩人乾脆將帳篷的帳頂轉成透明，兩人仰躺在睡袋裡頭看星星。

星空璀璨，還有一條銀河橫過他們眼前，整個夜幕就像是撒了一堆絢麗的寶石，閃閃發亮，璀璨又美好。

兩名容貌好看、各具特色的少年，就這麼看著星空，漫無邊際地聊著。

聊到最後，兩人頭抵著頭，相依而眠，畫面溫馨美好。

直播間一群媽媽、姐姐粉一邊「啊啊啊啊好可愛」地尖叫，一邊將這段畫面做成截圖和影像。

隔天早上，晏笙是在一片昏暗中醒來的，身旁的溫度已經消失，阿奇納不曉得在什麼時候就醒了，他躺著的位置是空的，人不在帳篷裡。

「還沒天亮？現在幾點了？」

晏笙看著灰黑色的帳篷頂，揉了揉眼睛，緩緩地坐起身。

他覺得自己昨晚睡得很飽，比平常的睡眠時間更多一些，按照他的估算，現在應該是早上七點多或者是八點了，天色不應該這麼昏暗。

【叮！現在時間，上午八點四十三分。】天選者輔佐系統壹貳冒出來報時。

【喵嗚～～晏笙，客戶大巨岩將你昨天的進貨都買走了喔！】橘糰也冒了出來，興高采烈地說道：【他還誇獎這些貨物的品質都很好，希望你多進一些呢！】

【咪嗚～～有水族的新客戶「紅尾巴」陸續下了三次訂單，購買了大量的藻類、水生植物和樹果子，紅尾巴留言說：藻類、樹果子、果醬和樹果糖都很好吃，希望能夠再多進一些貨。現在貨架上的水生植物還剩一百多斤，果醬、藻類和樹果子都被清空了喵～～】

很好。

看著帳面上的交易單和上漲的星幣，晏笙滿意地勾起嘴角。

他連忙向黑瀝鐘石和陶波拉下單，付了一筆訂金，並請他們將貨物直接寄到信箱給他，等他驗收貨物後會付清尾款。

信箱具有跨區傳送功能，對於他們這種在外遊歷、短時間無法回城市的遊客最是方便。

晏笙看過地圖，知道黑瀝區的郵筒有好幾個，在這個巨石堆的左側一公里處就有一個信箱，在他們最終選定的落腳點也有一個。

「你醒啦？」

阿奇納正巧掀起帳篷布門進入，隨著他進入的動作，一陣水汽挾著涼風灌了進來，驅散了些許帳篷裡頭的溫度，卻還不至於讓晏笙覺得冷。

透過帳篷門往外看去，外面正下著綿綿細雨，地表的水霧已經上升到腰部高度，遠方的景色一片霧濛濛的，看不真切。

「早餐要吃什麼？」阿奇納一屁股坐在晏笙身旁，肚子適時發出鳴響。

他雖然已經吃了一包巧克力和幾根營養棒，但是做完晨間鍛鍊後，他又餓了。

晏笙直接點開萬宇商城的頁面，讓他自己選購。

阿奇納按照慣例地採買了一堆肉食，晏笙則是買了清爽的蔬果湯和類似三明治的食物。

將食物擺放在折疊式的矮餐桌上，晏笙先去衛浴間洗漱，等他回到餐桌前時，阿奇納已經吃光一大盤肉食。

晏笙默默地吃著他的早餐。

溫熱的蔬果湯沿著食道落入胃中，清新如田園春光的美好滋味喚醒了他的食欲，他覺得自己好像做了一次森林浴，全身的細胞都打開了，沉痾的老舊廢氣吐出，鮮活的氣息湧入體內，連帶讓意識都清明了。

喝完蔬果湯，晏笙又緊接著吃下三明治，柔軟的麵包夾著烤炙過的不明薄肉片和新鮮的蔬菜，撒了類似堅果類的碎粒，還淋了香滑酸甜的沾醬，口感和味道都相當豐富，吃起來爽口又香濃。

晏笙覺得這湯和三明治是他吃過最好吃的！

他拉開萬宇商城的頁面，給購買的餐廳滿分的評價，並將它加入關注名單中。

「我剛才在附近鍛鍊的時候，見到幾波人過去。」阿奇納吃完早餐，抹去嘴邊的醬汁，隨口說道。

「他們走的方向跟我們的行程一樣，不曉得目的地是不是同一個。」

「同一個也無所謂，反正我們只是想體驗，又不是非要摘一堆。」晏笙不以為意地回道。

「你是這麼想，可是他們不一定這麼認為，說不定他們會把我們當敵人……」

阿奇納的視力很好，他清楚地看見，那幾波人發現他們的帳篷時，表情都不太好，像是發現多了競爭者的厭惡。

利益當前，那些人會做出什麼事情，誰都不能預料。

晏笙面容一肅，立刻調整心態。

他們將這趟行程當成是觀光遊玩，可是其他人說不定是來「尋寶發財」的，同屬於「競爭者」的他們，無疑會被當成擋財路的攔路石。

安葛落人規定「雨時花不能交易買賣」，這也只是侷限於安葛落地區，外界可沒有這樣的習俗傳承。

將帳篷和戶外廁所重新收起，晏笙給攀岩跳羊餵了樹果糖，得到牠們充滿甜味的口水糊手後，再度坐上坐騎。

山羊背上的鞍具具有防水效果，晏笙兩人免去了坐一屁股的水的窘境。

在雨中行走並不是一件舒服的事，儘管衣服有防水和調節溫度的功能，可是裸露在外的肌膚還是無法避免地變得又濕又冷，為此，晏笙特地在商城找尋了避雨道具，最後買了兩個漂浮式的遮雨屏障。

遮雨屏障是透明的長橢圓造型，可以將人連同坐騎都籠罩，還可以調整大小和長短，晏笙將屏障設置成漂浮在地上十公分處，這位置既不會妨礙坐騎前進，也不會讓雨水打濕他的靴子和褲管。

沒了被雨水淋成落湯雞的狼狽，兩人開開心心地騎著坐騎在雨中漫步——不是他們不想加快速度，而是地面泥濘，即使是經驗豐富的攀岩跳羊也有打滑、陷落泥坑的風險，寧可讓攀岩跳羊透過水霧慢慢辨別地表狀態，也不想為了趕路而發生什麼意外。

「你看！天空變成兩半了。」阿奇納指著上空說道。

在他們頭頂上的區域，天空覆蓋著沉甸甸、黑鴉鴉的烏雲，彷彿下一刻就會掉下來將他們壓垮，但是在十幾公里外的天空卻是晴朗一片，蔚藍清澈。

一晴一雨，一明一暗，截然不同的兩種景色同時展現，和諧共處，讓人忍不住讚嘆大自然的鬼斧神工。

「難怪黑瀝鐘石說要採雨時花要看運氣……」晏笙看著那片晴朗的位置說道。

對照黑瀝鐘石給的地圖，那個方位也有一個雨時花的生長地點，可是現在那邊陽光普照，原本可能已經冒出芽的雨時花很可能就這麼蒸發了，也許那個地點還會再長出新的雨時花，也許可能就此沒了。

「怕什麼？比運氣，你肯定不輸人！」阿奇納對晏笙倒是很有信心。

晏笙微微一笑，算是默認了阿奇納的說詞。

以前他還不覺得，從空釣船一行後，他發現自己的運氣還真是相當好，釣上來的都是價值不錯的寶物，沒有一次撈到垃圾。

「我就不行了，我運氣差，到時候還是幫你們防守周圍……」阿奇納自嘲地撇嘴，卻也沒有多沮喪。

他的運氣不好沒關係，他有一個極為幸運的小夥伴。

「運氣有多差？」晏笙很好奇。

阿奇納想了想，舉了一些他曾經的遭遇，「吃飯吃到石頭，吃水果咬到蟲子，分新武器的時候，我拿到的卻是壞的；在族地進行訓練的時候，其他人攀岩都沒事，就只有我會遇到岩石脫落或是樹枝斷裂；過溪流的時候，明明大家都是踩著同樣的石塊走，就只有我踩的石塊會打滑；在河裡游泳的時候，就只有我會遇到暗礁或是漩渦；開寶箱的時候，其他人都可以拿到不錯的裝備，就我拿到垃圾……

「騎著同樣的坐騎出門，我的坐騎可能會不小心扭傷，或是誤食某種東西中毒或發瘋；執行訓練任務的時候，明明是同樣的難度，可是我總是會遭遇各種意外，像是要找的東西旁邊突然多出看守的野獸，或是要殺的普通怪物變成了更危險的變異獸，要不就是我到了任務地點的時候突然颳來龍捲風把我吹走……」

聽到最後，晏笙都忍不住同情他了。

「你能活到現在真是不容易。」

阿奇納哈哈大笑，「對啊，我家人和族人也都是這麼說。」

雖然遭遇的倒楣事情太多，但是他也因此鍛鍊出比其他小夥伴更加敏捷、俐落的身手，所以他也就心寬地接受這一切了。

更何況……

「遇見你以後，我就再也沒有遇過那些倒楣事了。」他朝晏笙咧嘴笑著。

「希望你永遠平平安安。」晏笙笑著祝福。

「有你在，肯定沒問題！」阿奇納再度笑開。

就在這時，他收到了一則短訊。

「咦？達格利什傳了訊息給我，說他和一位朋友想要來找我們玩，問我們方不方便？」阿奇納將訊息轉述出來。

達格利什雖然大咧咧的，但是行事卻十分有分寸，擔心他們可能不適合進行即時通訊，便傳了訊息發問。

「我無所謂，看你。」

晏笙跟達格利什不熟，但是之前的相處讓他對他也有一定的好感，並不排斥對方過來一同遊玩。

「那就一起吧！摘完雨時花之後我們還可以組隊去刷黑塔！這裡也有一個黑塔！」阿奇納還是對刷黑塔比較感興趣。

他將他們的目的地傳給達格利什，跟他約定在那裡見面。

才剛掛斷通訊，雨勢突然增大，綿綿細雨變成了瓢潑大雨，雖然他們有遮雨屏障，眼前的景物卻在大雨的沖刷下變得模糊，視野受限，路也變得更加泥濘，甚至開始出現積水和泥石流，坐騎甚至出現幾次踩進泥坑的情況，兩人只能更加謹慎小心地前進。

花了比預定還要多出兩倍的時間，他們終於來到預定的目的地。

不出他們所料，這裡已經聚集了不少人，粗略地從人群聚集的情況判斷，這裡至少有十五支團隊以上。

人多不是問題，問題是這裡是他們原本預定的紮營地點，而這些人把雨時花的生長區域全都占了！

「怎麼辦？」阿奇納看向晏笙，尋求他的意見。

按照他的性格，目的地被占了，那就搶回來！

只是晏笙畢竟不是他族裡的那些小夥伴，戰鬥力不高，配合的默契也不夠，打起來可能會有點危險。

晏笙不清楚阿奇納腦中竟然轉著搶劫的暴力念頭，按照他的想法，這裡沒位置了，那就去其他地方找位置，畢竟這裡又不是他們買下的專屬地，沒什麼強占不強占的想法。

「走吧！」

「就這麼走了？」阿奇納有些不情願。

「不然呢？」晏笙反問。

「……」阿奇納張了張嘴，又將到嘴邊的想法嚥下去了。

當晏笙和阿奇納到來時，他們接收到不少打量的目光，在看清楚只是兩名少年以後，那些觀察、審視的關注消失了，沒有人認為兩名少年具有什麼威脅。

這種「看輕」讓阿奇納頗為不滿，臉也跟著板起。

晏笙累得不輕，懶得理會那些打量，他拉著阿奇納找了一處位置較為偏僻、空間足夠開闊的避風點，將這裡當成營地，迅速搭營休息。

疲憊、體寒的晏笙決定去洗個舒服的熱水澡，而身體強健、並不覺得疲憊的阿奇納，趁著晏笙洗澡的時間，領著兩隻羊在周圍繞了一圈，一邊帶著攀岩跳羊覓食、一邊暗中摸索這裡的環境和情況。

等到晏笙洗完澡，阿奇納也領著坐騎回返了。

「你先去洗澡。」晏笙推著阿奇納進入衛浴間。

「咩……」攀岩跳羊將腦袋探入帳篷，向晏笙討糖。

晏笙給了牠們幾塊糖，又將遮雨屏障套在牠們身上，讓兩隻羊不必淋雨。

「好了，去旁邊玩。」他拍了拍羊頭，將牠們推出帳篷，並將帳篷的門關上。

外面正下著瓢潑大雨，風勢也增強了，才這麼一會兒工夫，帳篷入口處就積了一個小水池。

晏笙找出帳篷的操控器，逐一按下「除濕排水」和「自動清潔」的按鍵，一分鐘後，帳篷內部再度恢復乾淨清爽。

等到阿奇納洗好澡出來，餐桌上已經擺滿了熱騰騰的食物，有熱湯、也有熱菜和熱呼呼的甜食。

阿奇納自然是針對肉食下手，而晏笙則是捧著一碗熱湯慢慢地喝著。

「我剛才去看了一下，有些地方已經冒出雨時花的芽了。」阿奇納吃完了一盤烤肉，讓空虛的胃墊了食物後，他說出他的觀察情況。

雨時花的「芽」其實並不是一般概念的植物芽，它是像雨滴一樣的形狀，上端尖、下端鈍圓，這「花芽」會吸收周圍的水汽慢慢長大，膨脹成一朵含苞待放的「橢圓形花苞」，當它成熟時，它的頂端會像開花一樣分瓣開啟，像是大花苞上綻放了一朵小花，這時，整顆雨時花會發出微微螢光，宣告它已經成熟了，可以摘採了。

要是在雨時花發光之前就將它採下，它就會化為液體和水蒸氣消失，消失在世間。

「那幾株芽都有人守著了。」阿奇納漫不經心地說道。

如果要下手去搶，阿奇納還是有一半把握將雨時花搶到手，如果拚了命去搶，成功的機率是百分之九十九，可是有必要拚命嗎？

他們一開始就說了是來觀光體驗、順便找商店貨源的，雨時花雖然有些特殊，卻也不是什麼珍稀物品，實在不值得他耗費心力去拚命。

「我找過帳篷附近，沒有雨時花。」阿奇納往嘴裡塞著肉，含糊不清地說道。

這個結果並不令人意外。

由於已經有十幾批人占據了好位置，他們現在紮營的地點並不是雨時花的生產範圍，不在黑瀝鐘石當初畫出的圓圈裡頭。

並不是說，不在圓圈裡頭，就肯定不會有雨時花，只是就機率上來說，圓圈外的出產機率較小。

畢竟黑瀝鐘石圈畫的地點，是經年累月、代代相傳得來，是先人的經驗積累。

「說不定明天就出來了呢！明天我們再找找吧！」晏笙不置可否地回道。

在帳篷和營地周圍如果出現雨時花，便會默認是該帳篷和營地所有，不過這樣的規矩也不是人人遵守，要是雨時花的品質特別好，搶奪和偷盜的情況也是經常發生，而且這樣的糾紛並不能討回一個公道。

你說我搶你的雨時花？

雨時花本就是無主之物，是天生地養的自然產物，憑什麼說是你的呢？

你看到的就是你的？

那我還看見整片大地了呢！難道這整個黑瀝區都是我的？天空也是我的？雨水也是我的？

想著明天要早起，兩人收拾妥當後很快就入睡了。

第九章
雨時花裡頭的寶貝

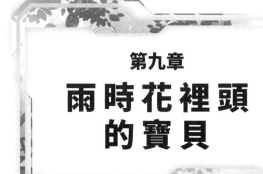

凌晨四點多，天色還一片灰暗的時候，晏笙莫名地甦醒了。

難道是因為太興奮了？

晏笙眨了眨毫無睡意的雙眼，頗為不解地坐起身。

他確實期待能夠早日找到雨時花，因為這份期盼而潛意識地提早醒來，這也是有可能的。

他在黑瀝鐘石那裡見過他收藏的雨時花，透明的花苞球體中有著一縷縷玫瑰色的雲霧繚繞，那雲霧並不是糾結成團狀，而是如同單薄的絲巾、冉冉的煙霧，被一雙無形的手盤成龍捲風狀，相當美麗而細緻。

很難想像，這麼如夢似幻的東西竟然是自然生成的。

雨時花的內部並不是一成不變，有的會生成煙霞，有的會凝固成琥珀或是寶石的固體物，也有一朵花、一棵縮小版的樹或是其他植物，還有昆蟲、小動物、魚類、貝類的化石，甚至還有看似小房子、小武器、小顆的星球等等神奇造物……千變萬化，讓人目不暇給。

安葛落人認為，雨時花是神明從「時光長河」中擷取出來的花朵，所以這些花朵裡頭才會出現那些造物。

他們認為，那些看起來像是煙霧、霞雲的，就是真正的煙霞；看起來像植物花卉的，確實就是真正的植物花卉……

為什麼他們會這麼篤定？

因為曾經有人不小心打破雨時花，裡頭包裹的蛋掉了出來，離開包裹的透明花苞後，那顆原本只有鳥蛋大小的蛋憑空放大了兩倍，變成雞蛋大小。

後來經過鑑定，那顆蛋是「活生生」、「可以孵化」的蛋。

然而不曉得為什麼，明明檢測蛋內有生命跡象，安葛落人用盡各種孵蛋手段，這顆蛋卻始終沒有孵化，幾個月過去，蛋內的生命跡象漸漸減弱，那顆蛋最後變成了一顆死蛋。

除了這顆蛋以外，其他的植株、昆蟲、動物等生物也一樣，即使他們脫離雨時花花苞時仍舊是鮮活地活著，旁人卻無法栽種和飼養他們，一段時間後，這些生物都會因為生機流盡而死。

不過如果是材料和礦石類的東西，倒是可以使用，而物品類的大多是過於老舊或是殘缺的次級品，使用前還需要維修和整理，而且還不一定能找到相符的維修材料，與其用這種不趁手、不熟悉的東西，還不如用當代的發明物。

起了好奇心的安葛落人以及透過某些管道獲得雨時花的人，針對花苞球體的那層透明物質進行檢測，檢查結果顯示，這看似水的球體蘊含了大量的元素和某種不明物質。

至今，依舊沒有人能檢測出這不明物質是什麼東西。

既然沒有睡意，晏笙也不想繼續待在帳篷內。

完成晨間梳洗後，他輕手輕腳地打開了帳篷的門。

外面仍然下著大雨，乾涸的黑色大地已經出現積水，迎面撲來的大風已經沒有絲毫熱氣，冰涼的風挾著水汽撲了晏笙一臉，讓他忍不住打了個小噴嚏。

他連忙將帳篷門拉回一些，只留下半臂寬的開口，並從空間裡拿出一杯溫開水，慢慢地喝著。

早上起來，在吃早餐之前先慢慢地喝完一杯溫開水，是他們家的養生概念。

雙手捧著暖暖的水杯，晏笙默不作聲地觀察著四周動靜。

即使現在天色還早，各個營帳卻已經有人起床走動，做早餐的，守營火的，看顧雨時花的……

明明他們都沒有交談，卻莫名讓人覺得有些熱鬧。

穿上外套，晏笙打算到外頭走走。

「你要去哪裡？」阿奇納的詢問聲傳來。

他躺在睡袋裡，半仰著頭地看著晏笙，目光迷茫，臉上仍然殘留著濃厚的睡意。

「我去外面逛一圈，你繼續睡。」

「等我，我跟你一起……」阿奇納掙扎著起身。

「現在才凌晨四點多，你繼續睡吧！」

「不行，外面人那麼多，要是他們要打你怎麼辦？」阿奇納搖搖晃晃地走向衛浴間梳洗。

晏笙對他的顧慮頗為哭笑不得。

好端端的，外面的人為什麼要打他？難道他長了一張欠揍的臉？

「因為你看起來就很好欺負啊！」梳洗穿戴完畢的阿奇納給出了答案，「外面有一部分的人是僱傭兵，那些人可不會因為你沒有招惹他們，他們就跟你和平相處，他們更有可能因為心情不好、無聊、想要找樂子，故意找一些看起來很弱或是脾氣很好的人動手。」

晏笙的外觀和氣質，全都符合了「弱」和「脾氣好」兩個要點。

「你雖然跟著我刷了一段時間的黑塔，可是殺怪物跟殺人是不一樣的，殺過人的，他身上會有一股戾氣，這些僱傭兵的感覺可銳利了，他們一看就知道誰有殺過人誰沒有，沒殺過人的，在他們看來都是好欺負的弱崽子。」

「那你呢？你殺過人嗎？」晏笙好奇地問。

「當然有啊！」阿奇納回得理所當然，「我跟族裡的夥伴在族裡進行歷練任務的時候，遇過獵盜的人，他們想把我綁去賣，我就跟其他小夥伴一起反殺他們！族長跟我阿爸都誇我們很厲害！」

阿奇納得意地抬高下巴，滿是驕傲的模樣。

見狀，晏笙也不再追問，而是默默地調整了自己的心態。

他以前的生活環境很和平，別說殺人了，就連魚他都沒殺過！現在來了這裡，他已經能夠面不改色地殺死怪物和野獸，甚至可以動刀子解剖牠們，他相信再過一段時間，他連殺人都不會有心理障礙。

他並不認為這樣有什麼不好。

他現在身處的環境已經改變，如果再按照以往的觀念和規則行事，他很有可能會失去這條小命。

「物競天擇，適者生存，不適者淘汰。」這個道理，學校早就教過了。

兩人出了帳篷，將帳篷的防禦屏障範圍再擴大一倍，又安裝了幾個小陷阱、小機關，確定不會有人趁著空門偷偷潛入後，這才安心地離開。

黑色土壤吸飽了雨水，從泥濘變成了泥漿，一腳踩下就像踩進了沼澤，運氣好一點只淹沒到腳踝，運氣不好就是一大截的小腿都沒了。

踩過泥坑的人都知道，腳要是陷入泥裡，想要將腳「拔」出來，需要用更大的力氣，有時候甚至需要旁人協助。

兩人氣喘吁吁地拔了幾次腳，渾身被泥漿濺濕，臉上也沾了泥點，即使身上罩著遮雨屏障，這屏障也擋不住來自底下的泥水攻擊。

「啪嘰！」

努力拔腳的晏笙，一個沒站穩，整個人往前撲倒在泥池中，即使他已經反應迅速地伸手支撐，卻因為雙手碰觸到的同樣是濕滑綿軟的泥漿地，他施加的支撐力道只是讓他的雙手陷得更深。

「……」晏笙跪倒在泥漿中，頗為無語。

好不容易雙腿拔出來了，雙手卻陷進去了。

「噗哈哈哈……」看著這般狼狽的晏笙，阿奇納忍不住噴笑出聲。

「……」晏笙目光幽幽地瞪著他。

明明阿奇納比他高、比他壯、比他重，照理說他應該走得比他更加艱難才是，為什麼他的行動依舊可以這麼靈活？

「我馬上拉你出來！」

對上晏笙幽怨的眼神，阿奇納瞬間收斂笑容，立刻上前協助。

兩人你拉我、我拉你地忙了好一會，才氣喘吁吁地脫困，雙雙精疲力盡地坐在泥地上。

他們現在就像在泥裡打滾過一樣，渾身又濕又髒，既然如此，那也不用再小心翼翼地行事，擔心會弄濕或弄髒衣服了。

阿奇納直接收起遮雨屏障，仰頭讓雨水沖刷掉臉上和身上的泥漿。

晏笙遲疑了一下，也跟著收起遮雨屏障，享受沁涼的雨水沖洗。

他以前就很羨慕其他孩子，可以在雨中恣意地玩耍，只是他的身體不好，別說淋雨了，稍微吹個風都有可能生病，現在變成外星人了，體質也改善了，他也可以享受一下淋雨的滋味了。

「咦？」

晏笙注意到他剛才摔趴的地方，兩個掌印中間的空地發出微微的光芒。

泥地，微光。

這兩個詞彙併在一起，讓他瞬間想到雨時花。

他小心翼翼地剝開上層的泥土，發現那光源確實是他們要找的雨時花！

不曉得為什麼，明明應該生長在地表和岩層上的雨時花，竟被埋在地裡！

他和阿奇納互望一眼，眼底滿是驚喜。

兩人一邊提防四周的動靜，一邊迅速挖出雨時花。

沒有停下來欣賞雨時花的模樣，阿奇納將雨時花往晏笙懷裡一推，讓他將雨時花收進空間，等回到帳篷再好好欣賞。

他們沒有立刻返回帳篷，那樣太容易引起懷疑了，所以他們還是按照原訂計畫，繼續往前走。

「啪……」

晏笙又跌倒了。

因為之前已經有過摔倒的經驗，他現在知道自己往前摔倒時，應該彎曲膝蓋蹲低，讓重心下降，用側身跪倒的姿勢倒下，這樣才能將傷害減到最低。

當然啦！這樣的摔倒姿勢只能用於雙腿沒有陷入泥堆裡的情況，如果雙腿已經陷入泥堆裡了，那就看陷入的深度再採取跪倒或是往後坐倒的姿勢。

「你怎麼又摔了？」阿奇納笑著將他扶起，「我不是跟你說了嗎？走的時候注意土質，這裡的土有些偏軟有些偏硬，我們走硬的，比較不容易摔，要是你分不清楚，也可以踩著我的腳印走……」

「我注意了。我是看到土裡有東西，想看清楚一點才摔的。」

下著大雨，地面又泛著一層霧氣，晏笙擔心自己看不清楚泥漿裡頭的情況，特地用鑑定之眼看路，結果這一鑑定，卻讓他發現了好東西。

「什麼東西？雨時花？」阿奇納隨口說道。

「對，在這底下。」晏笙指著他剛才摔趴的位置。

「又在底下？黑瀝不是說雨時花都在地面上跟岩石上，怎麼你發現的都在地底下？」

嘴上雖是這麼嘀咕，阿奇納還是很快地撥開地表的泥，將那朵發著螢光的雨時花挖出，讓晏笙收起。

「會不會這個區域的都是在底下，黑瀝他們不知道，就以為這裡沒有？」晏笙猜測道。

「可是這雨時花埋得這麼淺，雨水沖一沖，把上層的泥沙沖走就會發現，不可能都沒人注意到啊……」阿奇納反駁。

晏笙想想，也覺得阿奇納說得對。

安葛落人可是每年都會找尋雨時花，不可能那麼多人都沒人注意到。

「或許它只有今年才長出來，以前都沒長過吧！」晏笙找了一個較合理的說詞。

因為以前這裡都沒有雨時花生長過，自然不會被發現，而黑瀝鐘石他們有過往的經驗傳承，自然不會浪費力氣來這邊尋找。

如果不是因為預定好的目的地都被占了，晏笙和阿奇納肯定也會前往黑瀝鐘石圈出的地方尋找，不會在這裡紮營，更不會在營地周圍搜索。

「那我們再找找，看看還有沒有其他的！」阿奇納興奮地提議道。

他原本以為，被迫來到這個位置，他們大概不會有什麼收穫，至少要離開這裡，去那些黑瀝鐘石圈出的位置才能找到東西，沒想到晏笙的運氣這麼好，沒雨時花的地方也能冒出雨時花來！

「我真想看看那些人看見我們大豐收的表情，一定很好笑！」阿奇納朝晏笙擠眉弄眼，笑得頑皮。

「你想要被搶劫嗎？」晏笙哭笑不得地問。

「哼！誰敢搶！」阿奇納對於自己的武力值很有自信。

「我的家鄉有一句話是『螞蟻多了還能咬死大象』……」晏笙簡單地解釋了一下螞蟻和大象的差距，「也許你個人的力量相當強大，可是要是這裡的所有人都對我們發動攻擊，你有辦法逃脫嗎？」

「我……」阿奇納露出不服氣的表情。

「或許你可以，但是你也可能會出現重傷。」晏笙打斷他的話，「我知道塔圖很強大，我也知道你很厲害，但是人外有人、天外有天，有些人他或許戰鬥力不高，但是卻能靠著心機、手段對付你。」

敢正面幹的對手不可怕，可怕的是背後捅刀的。

「不要輕視任何一個人，阿奇納。」晏笙鄭重地叮囑他。

阿奇納是個勇敢的戰士，他正直、熱血、坦蕩，這樣很好，但也不好。

像他這樣單純沒有心機的人，在戰場上通常活不久，不是被人當砲灰，就是被人當工具，晏笙希望阿奇納能夠學會精明，學會用點小心機。

去過墟境的阿奇納，自然知道自己的渺小，可是在小夥伴面前，阿奇納不想被看輕，他本來想反駁晏笙，可是對上他那帶著關心的眼神後，心底的那股不高興消失了。

「我會變厲害的。」他有些彆扭地說道：「我現在還小，我會努力鍛鍊，等我長大了，我就會變得很厲害！」

「是，我知道。」晏笙笑咪咪地附和，「阿奇納以後會變成最厲害、最勇敢的戰士。」

「沒錯！」阿奇納滿意地挺起胸膛。

看著他跟大寶他們如出一轍的驕傲模樣，晏笙忍不住摸摸他的頭。

「……」阿奇納茫然地看著他，怎麼覺得這個摸頭的動作有些熟悉呢？

晏笙忍住笑意，率先邁步往前走。

「走吧！我們繼續找雨時花。」

在營地周圍繞了一圈後，晏笙的空間裡又多出幾顆雨時花。

返回帳篷，晏笙將雨時花往桌面一放，又往桌上放了一堆熱騰騰的食物，而後鑽進衛浴間洗澡。

阿奇納已經適應晏笙這種愛乾淨的生活習慣，自顧自地就著雨水沖乾淨雙手，而後開了一盒烤肉開始吃。

等晏笙洗完澡出來，他已經吃完了三盒烤肉，總計六公斤的分量，而且他還沒吃飽，手正準備伸向一鍋炸肉塊。

晏笙已經習慣他的大食量，不再像第一次見到時那麼驚訝。

他從空間裡拿出一個空籃子，將所有雨時花都裝進籃子裡，拿到衛浴間把沾在上頭的泥漿洗去。

洗去泥水的雨時花，重新顯露出它的美麗，伴著盈盈光輝，它看起來像是美好、夢幻又脆弱的泡泡。

晏笙用乾淨又柔軟細膩的布料將雨時花擦乾，端著籃子走出衛浴間。

餐桌上的食物已經被阿奇納清空大半，只留下屬於晏笙的餐點。

「你先吃吧！」阿奇納體貼地將雨時花接過，放到餐桌的空位。

等到晏笙慢條斯理地吃完餐點，阿奇納也洗好澡了，兩人這才湊在一起欣賞雨時花。

他們挖到的雨時花一共七顆，兩顆雨時花呈現出自然現象，一顆是金色的雲霧，燦爛耀眼，一顆是彎彎的小彩虹，柔美夢幻；三顆雨時花裝著植物，晏笙鑑定過後得知植物的名字和功效，三種都是他沒有聽過的藥草；餘下的兩顆雨時花，一顆裝著兩張小卡牌，另一顆是一枝名為「晶能筆」的東西，筆的外觀像是帶著銀色花邊的透明水晶。

讓晏笙意外的是，這些物品他竟然只有植物能鑑定到較多的資訊，其他幾樣都只能得知它的名稱，這種情況他還是第一次遇見。

他將這些東西的名稱告訴了阿奇納，希望得到一些線索，阿奇納卻只是茫然地撓撓頭，表示他也沒聽過這些東西。

晏笙想了想，把橘糰從系統空間叫出來，打算讓牠鑑定這些東西，看看會不會出現更詳細的資訊。

晏笙在得知橘糰也能進行鑑定後，就測試了他的鑑定之眼和橘糰的鑑定有沒有差異，結果顯示，橘糰的鑑定內容比他的更加廣泛，牠除了跟你說這件物品的名稱、功用和價格範圍之外，還能告訴你這些東西可以被用在什麼用途上，有哪些商家販售這件物品及其相關產物。

就功能性來說，晏笙覺得橘糰的鑑定比他的好用多了，畢竟他只能看出物品名稱和功用，價格只是一個模模糊糊的區間範圍，而且他鑑定出的價格跟萬宇商城的售價是有差距的，更別提舉一反三地說出它的延伸用途和尋找相關商家了，他完全沒有這方面的人脈積累。

晏笙幽幽地嘆了口氣，「要當好一名商人也不容易。」最基本的價值判定就要龐大的知識和經驗積累，更別說找出交易買賣的客戶了。

「牠是誰？」阿奇納的質問聲響起。

「啊？」晏笙茫然地眨眨眼，「你問誰？」

「牠、是、誰？」阿奇納指著橘糰，還將牠戳翻了一個跟斗。

「牠是橘糰啊，我之前跟你說過的萬宇商城系統。」

「咪嗚～～你好，我是橘糰，是晏笙最喜歡的系統喔！」橘糰在餐桌上打了個滾，奶聲奶氣地說道。

「牠是用誰的形象？」阿奇納才不管什麼系統不系統，他只在乎晏笙給牠設定的形象。

「你不是說我是你的第一個好朋友嗎？不是說我是你第一個認識的貓族小夥伴嗎？他是誰？你還認識其他貓系獸人？」

阿奇納醋勁大發，覺得自己被小夥伴騙了。

還說我是你的第一個好朋友，結果你竟然用別隻貓的形象！騙子！

聽明白阿奇納誤會的點，晏笙連忙澄清，「我不認識其他獸人，我的家鄉也有貓，這是其中一個叫做『橘貓』的種類。」

聽到不是其他小獸人，阿奇納的怒氣才打消了一些。

晏笙乘勝追擊，繼續誇讚。

「我們那裡有很多喜歡貓的人，我也很喜歡貓，所以才將系統擬態弄成貓。」

「你不是說我的獸型很好看、很帥氣嗎？既然你要將系統設定成貓型，為什麼不用我的形象？」

「……我以為你不會喜歡。」晏笙頗為糾結地看著他，「你看到自己的縮小版不會覺得彆扭嗎？」

「不會！」阿奇納很是理直氣壯地回道：「我們是好朋友，你用我的形象代表我們的感情好啊！我也會把我的系統擬態改成你！」

阿奇納說做就做，馬上把他的輔助系統叫出來，讓它從一隻魚變成縮小版的Q版晏笙。

「換你了！」阿奇納眼巴巴地看著晏笙催促。

「……」晏笙頗為無語，他好像沒有答應要改吧？

只是看著阿奇納滿臉期盼，他最終還是不忍拒絕，於是一隻巴掌大的異色瞳小白貓出爐了，只是貓型的體態仍然維持橘貓的圓頭圓肚皮圓屁股的模樣。

然而，晏笙並不知道，阿奇納小時候還真是長得跟橘糰一模一樣。

阿奇納的阿媽和喜歡他的粉絲一邊「啊啊啊啊啊這就是小阿奇納啊啊啊」地尖叫，一邊瘋狂錄影和截圖。

「我才沒有這麼胖！」阿奇納不高興地抗議。

他怎麼可能長得那麼傻氣呢？應該是帥氣又英勇的模樣才對！

他才不承認他小時候有這麼圓、這麼胖！

「小貓要圓圓胖胖的才可愛。」晏笙堅持不改。

「……」阿奇納鼓了鼓腮幫子，心底卻因為晏笙的誇讚而暗暗得意。

連這種圓圓胖胖的幼體擬態也這麼誇讚，他的小夥伴到底有多麼喜歡他啊？

是的，阿奇納已經四捨五入地，將「晏笙喜歡貓」變成「晏笙喜歡貓系獸人阿奇納」這樣的等式。

要是晏笙知道阿奇納的想法，肯定會說他想多了！

這段小插曲過後，他們回到正題，讓橘糰說出牠的分析。

「咪嗚～～商品名稱：星球級光系能量。具有治療效果，可以修復受創的伴生武器、修復受損精神力、修復光系能量核心……

「咪嗚～～商品名稱：星球級缺損的虹星行星環。罕見的虹星行星環，超級能量體，能量溫和不暴烈，可以讓各系伴生武器吸收並進行強化……

「咪嗚～～商品名稱：鑽石級異植『百臨芽』，可用於藥劑製作、能量武器製作、能量晶牌製作……

「咪嗚～～商品名稱：鑽石級異植『蘑希金』，可用於藥劑製作、能量武器製作、能量晶牌製作……

「咪嗚～～商品名稱：鑽石級異植『綠枯毛』，可用於藥劑製作、能量晶牌製作、封印球製作……

「咪嗚～～商品名稱：星球級『攻擊』晶牌和燦星級『幻象』晶牌。晶牌可以用來戰鬥、防禦、輔佐，以及儲存某些知識、記憶或傳承，是一種類似於有次數使用限制的道具和傳承石的結合體……

「咪嗚～～商品名稱：星球級晶能筆，可以用來繪製晶牌的特殊工具……」

橘糰介紹完畢，卻讓晏笙和阿奇納聽得一頭霧水，他們只聽出了雨時花裡頭的東西似乎都是很難得的物品。

「那些恆星級、星球級是什麼？新的價值判定嗎？」晏笙問道。

「『星級』是指該物品的價值足以用星球來計價，是最高文明位面的衡量方式，是一種比燦星級、鑽石級更高的層次。從低到高的序列是：星球級、恆星級、銀河級、星團級、宇宙級，共計五種等級。」

「喵喵喵？你是說，這個可以買到一顆星球？」阿奇納拿起金色雲霧的雨時花，驚愕地發出獸型的貓叫聲。

「是的喵！但是更加詳細準確的價值判定，需要前往萬宇商城進行實物檢測。」橘糰仰起小腦袋，很高興地朝晏笙彎眼笑著，「晏笙好厲害，這麼快就獲得高價值的星級商品，晏笙好棒棒喵～～」

晏笙低垂著眼眸沉默了，神色複雜難辨。

「怎麼了？你不高興嗎？」阿奇納注意到小夥伴的情緒不高，困惑地追問。

晏笙定定地看了阿奇納許久，久到阿奇納都覺得不對勁了，他才慢吞吞地開口。

「我只是在想……如果我們能夠買到新的星球，是不是就可以先把一部分的人轉移過去，像是老人跟孩子，這樣就算真的遭遇蟲族入侵，百嵐至少還留下傳承的火種，不會滅絕。」

「你怎麼突然想到這個？」

「那場夢太真實了。」晏笙苦笑，「真實到，我甚至覺得自己聞到戰場上的硝煙和血腥氣……」

「……」阿奇納張了張嘴，也無法說出「那只是夢」，因為他的阿爸私底下告訴過他，那場夢很有可能是真實的。

「乖，別怕。」

他張開雙臂抱住了晏笙，學著阿媽安慰他的動作，生澀地輕撫他的背。

晏笙沉默地將臉埋入他的胸口，閉上雙眼，掩去眼底的複雜。

其實他剛才腦中第一個閃過的念頭，並不是購買星球讓百嵐轉移，而是想著：如果他真的得到一顆星球，是不是就能脫離現在這種「黑戶」又被直播監控的狀態？

畢竟有了星球，就等於他有了領地，到時候應該可以透過萬宇商城獲得一個外星戶籍。

雖然他得知天選者的真相後，一直保持著「我可以理解」的平靜狀態，可是理智上可以理解，情感上卻還是有些介意的。

有好幾次，他都想問阿奇納：「既然你說我們是好朋友，為什麼你不跟我說直播監控的事？」

但是話到嘴邊，他又嚥下了，因為他清楚，並不是阿奇納不跟他說，而是這是族群的規定。

沒有人能夠跟整個族群的規則對抗。

他不想讓自己鑽牛角尖，所以平常他總是讓自己不去想直播、想監控的事情，他讓自己專注在其他事情上，直到剛才，他發現自己竟然可以購買星球，這才跳出想要離開的想法。

可是當他對上阿奇納關心的眼神，他想到阿奇納提到過的家人；想到對他發出善意、初次見面就給了提示的阿姐；想到他領養的大寶二寶小寶；想到聖薩曦族託孤的父母……離開的念頭就打消了。

原來在不知不覺中，他在這個地方已經有了牽掛，不是隨時都能放手離開的心情了。

既然走不掉，他自然想要好好守護他的新家人和朋友，希望大家都能平平安安。

「你別怕，要是蟲族來了，我會保護你跟寶寶們！」阿奇納對晏笙保證道。

「嗯，我也會保護你們。」晏笙離開他的懷抱，露出一貫的溫和笑容，笑容裡增添了幾分堅定。

「橘糰，買下一顆適合居住、資源豐富的星球，大概需要花費多少星幣？」晏笙想要知道他需要籌備多少資金。

「咪嗚～～購買星球用的不是星幣喔！是要用出產各種礦產的礦脈、資源星球、高階晶牌、特殊傳承、特殊血脈、氣運、星球核心、稀罕材料等等難以用市價定位的高價品兌換，而且兌換價值是以星球的大小和資源豐富性來衡量的，等級最高的星球甚至要用五百多顆礦產星兌換呢！」

「如果是用這個呢？」阿奇納指著金色雲霧的雨時花說道。

「這個的價值還無法準確界定，如果是按照系統估算的平均價計算，購買一顆中間等級的宜居星球，需要兩千三百顆到兩千五百顆。」橘糰甩動兩下尾巴說道。

「為什麼？它不是等級很高的東西嗎？」

「它的價值是星球級，星球級有一星級到九星級的品質區分，如果它的狀態良好、能量沒有消散，是屬於一星星球級，要是它的能量消散了，那就只能降級成次星級。如果它是次星級的話，要看它的品質處於什麼程度，大概需要一萬顆至三萬顆才能買下一個中等宜居星球。」

頓了頓，橘糰又補充一句：「次星級指的是比燦星級高，接近星球級的次級品。」

聽到那龐大的數額，原本還以為可以很快就買下一顆星球的晏笙和阿奇納，雙雙垮下臉來。

兩人沉默片刻，最終還是晏笙打破這份沉寂。

「至少……我們已經知道努力的目標了。」

「嗯。」阿奇納點頭。

直播間的觀眾見到兩個小傢伙的苦惱模樣，不由得笑了。

——明明都還是未成年崽子，卻為了拯救百嵐的未來而煩惱，真是太可愛了，這是大人才應該苦惱的問題啊！

——這兩個小傢伙真是想太多了，真有狀況發生，根本輪不到崽子上場……

——我好感動，他們真是很貼心又很溫柔的好崽子！〔感動〕〔親吻〕

——讓崽子們這麼不安，是我們大人的錯。〔嘆氣〕

——蟲族的事情已經確認了嗎？〔好奇〕

——還沒。不過聽說隕石那裡有新發現……

——該不會真的有能源礦吧？

——咳！我們私聊……

——希望未來一切平安〔祈禱〕

——「木兒朵」贈送晏笙一百顆星辰，並留言：啊啊啊！怎麼會有這麼可愛又這麼善良的崽子！

——「貝拉米」贈送晏笙十顆星辰，並留言：真的很喜歡這個小崽子，希望他能夠快點成為百嵐的公民！

——「胡爾胡德」贈送阿奇納五顆星辰，並留言：很好。

——「奧莉亞公主」贈送晏笙十場流星雨，並留言：晏笙阿弟真是太溫柔、太貼心、太可愛了！好想拐回家！

——「阿奇納的阿媽」贈送阿奇納二十場流星雨，並留言：崽啊，要保護好你的小夥伴啊！別讓這個單純的小崽子被人騙走了。

——「塔圖大長老」贈送晏笙一百發金幣煙火，並留言：小崽子很好。

——「塔圖大長老」贈送阿奇納一百發金幣煙火，並留言：小崽子有進步，很好。

——「美比亞菲大祭司」贈送晏笙五十場流星雨，並留言：好，乖。

——「瑪迦桑族長」贈送晏笙一百發金幣煙火，並留言：很好。

——「普羅頓斯族長」贈送晏笙兩百發金幣煙火，並留言：好。

霎時間，阿奇納跟晏笙的直播間都被打賞的各種特效刷滿，還有人發布了簡單的指定任務給兩個小崽子，讓他們在鍛鍊之餘又可以獲得更多的資源。

後記

又到了寫後記的時間了，腦袋一片空白。

要不，來聊聊我這段時間看過的、覺得不錯的綜藝節目吧！

韓國綜藝：《西班牙寄宿》、《大家的廚房》、《那是哪裡》。

台灣綜藝：《阮三个》。

其實我平常並不太看綜藝節目，上述幾個其實都是不那麼綜藝、偏向真人秀的節目。

《西班牙寄宿》：這個節目是由韓國藝人「車勝元」、「柳海真」、「裴正南」共同出演。

節目選定在聖地牙哥朝聖之路的某個小村莊開設民宿，提供韓國的飯食，並以徒步行走長達八百公里的朝聖之路的朝聖者為目標，為這些背包客準備的「特別寄宿」節目。

節目很真實，客人少就會呈現出客人少的模樣，不會特地出去拉客，開頭的時候，他們只來了一位客人入住。

參演的三位藝人都很勤勉地工作，什麼職位就做什麼事，完全放下明星的架子，而且他們不會刻意去採訪入住的人，就是像平常閒聊一樣地聊天，大多數的鏡頭都是藝人在工作，寄宿者們在房間或是餐廳閒聊的情況。

節目畫面拍攝得很漂亮，景色相當好看，後製也很棒，穿插的ＢＧＭ都很符合情境。

《大家的廚房》：這是一個類似「共餐」的真人秀節目。明星藝人自行準備食材，前往節目組布置好的廚房，每個人都貢獻一道自己喜歡的菜，一起做飯、吃飯和聊天，節目氣氛溫馨和樂。

《那是哪裡》：這是一個旅行（冒險？）真人秀節目。由韓國藝人「池珍熙」、「車太賢」、「曹世鎬」、「裴正南」四人組成業餘探險隊，前往阿拉伯沙漠、蘇格蘭的斯凱島進行探險。

四名藝人各自負責一個職位（隊長、食物、醫療等），各自進行出發前的準備，到了當地後，就是由他們四個人自己討論，除非遇到危險才會由有經驗的領隊出面，與他們協商接下來該怎麼做。

節目組在沙漠的事前探勘和拍攝途中都有出現嚴重中暑、被迫送走的情況。

《阮三个》：由金馬影后「楊貴媚」帶領「張軒睿」和廚師「索艾克」，三人共同經營宜蘭民宿，透過鏡頭記錄他們一起生活、接待客人的各種真實互動。

看到公視推出這個綜藝節目時，我其實挺驚喜的。

很難得看到台灣有這樣的綜藝節目出現。

不過《阮三个》的民宿跟《西班牙寄宿》並不同，《西班牙寄宿》是純粹的背包客，沒有特約來賓，而《阮三个》的入住者卻像是特地邀請的，有演員、網紅、LGBT淨灘團、學布袋戲的小朋友……

像是都有設定一個主題讓藝人們去進行，感覺並不是那麼「真」，但是如果將它當作是一個以「介紹」為主的綜藝節目，我是覺得還不錯。

要是大家對這類型的節目感興趣，可以看看喔！

國家圖書館出版品預行編目資料

天選者②：咦？這麼幸運真的可以嗎？ / 貓邏著.-- 初版.-- 臺北市：平裝本. 2019.10 面；公分(平裝本叢書；第 493 種)(#小說)

ISBN 978-986-97906-6-6（平裝）

863.57 108015146

平裝本叢書第 493 種
#小說 05
天選者
②咦？這麼幸運真的可以嗎？

作　　者—貓邏
發 行 人—平雲
出版發行—平裝本出版有限公司
台北市敦化北路 120 巷 50 號
電話◎ 02-27168888
郵撥帳號◎ 18999606 號
皇冠出版社（香港）有限公司
香港銅鑼灣道 180 號百樂商業中心
19 字樓 1903 室
電話◎ 2529-1778　傳真◎ 2527-0904
總 編 輯—許婷婷
責任編輯—張懿祥
美術設計—王瓊瑤
著作完成日期— 2019 年 7 月
初版一刷日期— 2019 年 10 月
初版二刷日期— 2022 年 3 月
法律顧問—王惠光律師

讀者服務傳真專線◎ 02-27150507
電腦編號◎ 571005
ISBN ◎ 978-986-97906-6-6
Printed in Taiwan
本書特價◎新台幣 249 元 / 港幣 83 元